魔女の宅急便

角野榮子 ——— 著　王蘊潔 ——— 譯　林明子 ——— 繪

目次

角野榮子給臺灣讀者的序

故事的起點

《魔女宅急便》的故事，要從女兒畫的一幅魔女畫說起。畫中的魔女乘著掃帚，在夜空飛行。掃帚的尾巴上坐著一隻黑貓，柄上掛著一臺收音機，收音機上飛出好多好多的音符。

女兒畫這幅畫時，正值十二歲。因此，我萌生了以年紀相仿的魔女為主角，寫個故事的念頭。

聽著收音機的音樂在空中飛行，想必是一件快意的事。我也想嘗試看看。寫著故事的當下，也同樣有了飛在空中的感覺！

這麼說來，畫中的魔女確實是在空中飛行。於是，我有了讓魔女當快遞送宅急便的想法。想到這裡，故事便開始動了起來。

首先，要決定登場角色的名字。最先定下名字的，是一直陪在魔女身邊的貓咪。過去我在巴西生活時，有一位叫做「喬喬」的朋友。我稍微改了一下他的名字，便成了「吉吉」。

另一方面，魔女的名字則遲遲無法定案。「吉吉」是由兩個發音相同的字組成，所以，我想再次使用同音字做為名字。途中考慮過「咪咪」、「卡卡」、「拉拉」等許多選項，但是都與我構思的魔女不相稱。就這樣，我每天不斷的思考，最後終於找到「琪琪」這個答案。實際念了一遍，就覺得再也沒有其他更合適的名字了。「琪琪」聽起來既可愛，又有一點魔女的味道，而且也很好記。

這一刻，琪琪喊出「榮子，請多指教！」，開始在天空飛行。我當然也追在後面，飛了起來。在撰寫故事的期間，我感覺自己真的飛在空中。若不這麼想，我可能沒辦法將天上的風是怎麼吹的，從空中俯瞰的城鎮模樣，描寫得讓人一看就能想像出畫面。

有時候到寬廣的原野上，我會張開雙手，躺到草地上仰望天空。每當我這麼做，便會覺得自己置身空中，甚至還能看見琪琪坐在掃帚上，在身旁一起飛行。《魔女宅急便》就是這樣開始的。

不過，琪琪才十三歲，還是個實習魔女。就算當快遞送東西，大家也不太信任她，甚至擔心自己的東西被掉包。

琪琪靠著開朗的個性，漸漸被居民接納。麵包店老闆娘索娜、蜻蜓等人都是她溫柔的依靠。

即使如此，其間還是發生許許多多的事。而琪琪總是發揮她的想像力一一克服。我從小就很喜歡聽故事，喜歡讓心情隨著劇情時而緊張，時而興奮，期待後續如何發展。如果最後是能放下心來的圓滿結局，便如同經歷了一趟愉快的旅行，整個人也會很有精神。

每一篇故事都有種種「發現」，帶給人勇氣。

這些是我的親身經驗。所以，我也萌生寫這種故事的念頭。於是，全六冊，加上兩本特別篇的「魔女宅急便」系列就此誕生。

「我也要像琪琪一樣，帶著勇氣活下去！」如果你讀過琪琪的故事後，有了這樣的想法，我會非常開心。

再過不久，琪琪就要飛向臺灣的天空囉。希望你也翻開下一頁，跟著她一起飛行。

1 故事的開始

在濃密的森林和綠草如茵的山丘間，有一座小小的城鎮。

整個城鎮位在緩緩向南延伸的坡道上，那裡的房子櫛比鱗次，屋頂的顏色就像烤焦的麵包。

車站位在城鎮的正中央，鎮公所、警察局、消防隊和學校，都聚集在離車站不遠的地方。這是一座隨處可見的平凡城鎮。

但只要稍微留意一下，就可以發現一些其他城鎮中沒有的景象。

那就是，鎮上高大樹木的頂端，都掛著一個銀色的鈴鐺。即使沒有風，鈴鐺也會

響起。每當這時，人們就會互看一眼，笑著說：「哇噢，哇噢，小琪琪又勾到腳了。」

沒錯，大家口中的琪琪，是個不平凡的孩子。她年紀很小，卻可以敲響高樹上的鈴鐺。

現在，我們將場景移到城鎮的東邊，來看看琪琪的家吧。

面向馬路的門柱上，掛著一塊木牌子，上面寫著：

歡迎索取噴嚏藥。

漆著綠色油漆的門，大大的敞開著。走進裡面，有個寬敞的庭院，左側後方是一幢平房。庭院裡整整齊齊的種植著各式各樣的藥草，有的葉子大大的，有的尖尖的，空氣中飄散著宜人的芳香。香氣一直延續到房子裡面，味道最香的，當然就是廚房裡那口巨大的銅鍋了。站在廚房，可以看到客廳正面的牆壁，牆上沒有其他家庭常見的掛畫和照片，而是掛著一大一小兩把用樹枝做的掃帚。這是不是很不尋常呢？

咦!?客廳裡傳來說話的聲音，似乎剛好是下午茶的時間。

「琪琪，妳打算什麼時候出發？差不多該決定了吧。不要再拖拖拉拉了，該認真考慮了。」一個女人的聲音不滿的說。

「……媽媽，妳別擔心。我是妳的女兒，也算是個小魔女，我正在認真考慮啦！」聲音尖尖的小女孩回答。

「媽媽，妳就讓琪琪自己決定吧。如果她自己沒有決心，妳怎麼說，都是白費口舌。」這一次，說話的是一個語氣平靜的男人。

「也許吧。但我總是放不下心，因為，這是我的責任。」那位媽媽提高嗓門說。

你們猜到了嗎？沒錯，在這幢房子裡，住著魔女一家。

媽媽可琪莉是遵循古老傳統的真正魔女，而爸爸歐其諾是普通人。他是民俗學者，專門研究有關精靈和魔女的傳說和民間故事。琪琪是他們的獨生女，今年十三歲。

現在，他們正在討論——琪琪什麼時候出發去修行之旅。

當魔女和普通人結婚，生下的孩子是女孩時，通常也會成為魔女。但偶爾有些女孩子不願意，所以在十歲之後，可以由自己決定要不要當魔女。一旦決定當魔女，就要立刻向母親學習魔法，然後，在十三歲那年，選擇一個滿月之夜，獨自踏上修行之旅。魔女的修行之旅，就是要離開自己的家，尋找一個沒有魔女的城市或村莊，學習獨立生活。對小女孩來說，這可不是一件容易的事，但如今魔女的人數大為減少，魔力也大不如前，這是讓魔女生存下去的重要傳統。同時，也是讓更多城市和村莊、讓更多人了解魔女依然存在的理想方法。

琪琪在十歲時，就決定要成為魔女，之後隨即開始向可琪莉學習魔法。其中一項，就是學習種植藥草、製作噴嚏藥，另一項則是騎著掃帚在天空中飛翔。

琪琪很快就學會騎乘掃帚。但因為她還在長大，飛在天上時，常常會為了鼻子旁長了一個大青春痘，或是為好朋友生日時該穿哪件衣服之類的事情分心。

這種時候，掃帚就會突然往下掉。有一次，她一直在意著第一次穿的蕾絲內衣，沒發現掃帚已經往下掉，結果，一不小心，就撞到了電線杆。掃帚撞壞了，琪琪的鼻頭和兩個膝蓋也都撞出了很大的包。

所以，她的媽媽可琪莉就在高高的樹梢綁了一個個鈴鐺。這樣一來，即使琪琪不小心飛得很低，只要腳撞到鈴鐺，聽到聲音就會驚覺。這陣子，已經幾乎沒再聽到鈴鐺的聲音了……

但是，琪琪很不喜歡另一項魔法——種植藥草。可能是她的性子太急，先種植藥草，再把葉子和根切得細細的，慢慢燉煮……這種魔法，說真的，對她來說實在太難了。

「難道噴嚏藥也要失傳了嗎？」可琪莉嘆著氣說。

以前的魔女都會各式各樣的魔法，但久而久之，魔法一個一個失傳了。如今，雖說可琪莉是個貨真價實的魔女，但也只會兩種魔法而已。沒想到琪琪還不喜歡其中的一項，難怪可琪莉會這麼傷腦筋。

「在天空中飛來飛去，比攪動鍋子好玩多了。」

琪琪一副滿不在乎的樣子。這種時候，歐其諾就會勸可琪莉。

「算了，這也是沒辦法的事。或許有一天，消失的魔法會失而復得。況且，還有黑貓在呀。」

自古以來，魔女身邊都有一隻黑貓。這或許也可以稱為魔法。

琪琪身邊有一隻名叫「吉吉」的黑貓。可琪莉以前也有一隻名叫「米米」的黑貓。魔女媽媽生下女兒後，就會尋找一隻在相同時期出生的黑貓，一起撫養長大。不久之後，小女孩就逐漸學會和黑貓說話。前往修行之旅時，這隻黑貓便是她重要的夥伴。無論遇到悲傷或快樂，只要有誰可以分享，就會感到很大的安慰。隨著小魔女長大成人，如果找到可以代替貓的另一半，結婚後，黑貓也會找到自己的伴侶，擁有各自的生活。

2 琪琪，準備踏上旅程

喝完午茶，可琪莉和歐其諾有事出門後，琪琪就和黑貓吉吉呆呆的坐在陽光燦爛的庭院裡。

「我想，還是早點出發比較好。」琪琪自言自語的說。

「對嘛。事到如今，妳總不能說不想當魔女吧？」吉吉抬起頭看著琪琪。

「怎麼可能？我早就下定決心了。」

琪琪斬釘截鐵的回答。然後，她回想起第一次騎上掃帚，飛上天空時的激動心情。

十歲以前，琪琪和一般的小女生沒什麼兩樣。雖然她知道自己的媽媽是魔女，在十歲時，必須自己決定要不要當魔女，但她從來沒有認真考慮過這個問題。她十歲生日後不久，偶然聽到同學說「我以後要繼承媽媽的事業當美容師」時，才突然開始思考「繼承」這個問題。她之前就隱隱約約的感覺到，媽媽也希望她可以當魔女，但琪琪並不認為媽媽是魔女，自己就非要當魔女不可。

我有自己的夢想，我的未來要自己決定。

琪琪始終這麼想。

有一天，可琪莉為她做了一把小掃帚，問她：

「妳想不想飛飛看？」

「我嗎？我也能飛嗎？」

「妳是魔女的女兒，應該沒問題。」

琪琪雖然有點在意媽媽充滿誘惑的語氣，但仍然按捺不住內心的好奇，請求媽媽教她簡單的飛行和落地的方法。然後，她便跟著可琪莉，戰戰兢兢

的跨上掃帚，雙腳用力一蹬。

身體頓時變得輕飄飄的。琪琪竟然飛了起來！

「我會飛了！」

琪琪情不自禁的大叫起來。雖然只是飛到屋頂上方三公尺的高度，她仍覺得心情暢快無比，彷彿連空氣都帶著一點藍天的味道。好想飛到更高的地方，更高、更高……不知道那裡有什麼，不知道可以看到什麼。好想飛得很高、很高……她產生了一種令她身心為之雀躍的濃厚興趣，很快就愛上了飛行。

於是，她決定要成為魔女。

「果然有魔女的血統呢。」

可琪莉欣喜若狂，琪琪卻告訴自己，不只是這樣，這是我自己做出的決定。

琪琪突然站了起來。

「吉吉，趁媽媽不在，我們去看看『那個』吧，一下下就好。」

她用下巴指了指庭院角落的倉庫。

「為什麼要瞞著可琪莉夫人?」吉吉有點不耐煩的問。

「因為一提到修行之旅,媽媽就很緊張。而且,她什麼事都要管,就連簡單的事也會變得很複雜。」

「才一下下而已嘛。」

「噢,好吧……但『那個』必須好好晒晒太陽。」

「是嗎?如果妳再抱著它睡著了,會長黴菌的。」

「我知道。你也要幫忙,以後,我們要相依為命了。」

琪琪說著,敏捷的穿越齊腰的藥草之間,斜著身體,擠進了倉庫和圍牆的縫隙,隨即聽到她興奮的叫了起來。

「看!」

倉庫的屋簷下,掛著一把細細長長的掃帚,在微微西斜的陽光中,發出白色的光芒。

「好漂亮,現在應該沒問題了吧。」琪琪情不自禁的叫了起來。

「這次好像成功了。」

吉吉在琪琪的腳邊抬起頭，瞪大了眼睛。

「琪琪，今天天氣很不錯，妳要不要試著飛飛看？來吧！」

「不行！」琪琪搖著頭說。

「在那天之前，絕對不能用。而且，那天很快就要來臨了。不管是衣服、鞋子，還是掃帚，我所有的東西都要用新的。媽媽一定會說『魔女繼承了古老血統，必須好好珍惜以前的東西』，但我是新時代的魔女。」

「那我要怎麼變新？」

吉吉抖動著鬍鬚，有點鬧彆扭的問。

「別擔心，我會幫你把毛梳得亮亮的，就像剛出爐的一樣。」

「哼。」吉吉用鼻子哼了一聲。

「什麼剛出爐的貓，別把我說的好像是菜餚一樣。又不是妳一個人去修行之旅。」

「你說得對，對不起啦。」

琪琪忍著笑，偷看吉吉的眼睛。

「我們出發的時候，不知道會是怎樣的心情……」

「妳一定會哭。」
「討厭，我才不會哭呢。」
「妳到底打算什麼時候出發？」吉吉又抬頭看著琪琪問。
「隨時可以出發了，不然，就下定決心，在下一個滿月的晚上出發吧。」
「啊？下一個滿月？」
「對。還有五天。心動不如行動，這種感覺不是很棒嗎？」
「這下可有得忙了。」
「今天晚上，我要正式向爸爸、媽媽報告。吉吉，我們要去怎樣的城市？」
琪琪像大人一樣，抬頭看著天空。
「像妳這樣心動就馬上行動，我真擔心。」
「哼，是嗎？我才不擔心呢。等狀況發生時，再想要怎麼辦也不遲。現在，我的心情就像要拆禮物一樣興奮。」
琪琪高興的說著，伸手戳了戳掃帚。掃帚晃來晃去，好像在向她點頭。

那天吃完晚飯，琪琪和吉吉一起站在歐其諾和可琪莉面前。

「請你們放心，我已經決定好出發的日期了。」

可琪莉立刻從椅子上站了起來。

「噢？真的嗎？什麼時候？」

「下一個滿月的晚上。」

可琪莉慌忙看了一眼牆上的月曆。

「呃，只剩下五天了。開什麼玩笑，延到再下一次滿月吧。」

琪琪撇著嘴，聳了聳肩膀。

「看吧，媽媽又開始大驚小怪了。我不做決定，妳生我的氣；現在決定了，妳又不滿意。」

「對啊，媽媽，是妳不對。」歐其諾說。

「不能這麼說，因為，還有很多準備工作。做母親的很辛苦。」

可琪莉紅了臉，語無倫次起來。

琪琪探頭到可琪莉面前，搖晃著身體，用悅耳的聲音說：「請相信妳的女兒，要相信女兒。我已經準備好了。」然後，她轉頭問：「吉吉，對吧？」吉吉搖了搖尾巴，代替牠的回答。

「咦？」

可琪莉張著嘴，然後垂下眼睛。

「準備？妳準備了什麼？」

「掃帚啊。我和吉吉一起做了一把新掃帚，對吧？妳等一下，我去拿過來。」

琪琪打開門，衝了出去。

「就是這個。」

琪琪很快就跑了回來，將剛才那把掃帚遞到可琪莉和歐其諾的面前。

「哇噢，妳真能幹。」歐其諾瞇著眼睛說。

「我把楊柳枝浸在水裡，還晒過太陽了。媽媽，我做得很棒吧？」琪琪甩了甩掃帚說。

可琪莉慢慢的搖了搖頭。

「妳做得很漂亮，但是，這把掃帚不行。」

「為什麼？我才不要用之前那把小掃帚。除了飛以外，我不會其他魔法。所以，我要用自己喜歡的新掃帚飛。」

可琪莉又搖了搖頭。

「既然妳只會飛，掃帚就更加重要了。用不習慣的掃帚飛，萬一失敗了怎麼辦？萬事起頭難。修行之旅沒妳想像的那麼簡單。只能帶很少很少的錢，必須節衣縮食，才能撐過一年。之後，魔女就得靠自己的魔法自食其力。所以，妳必須在這一年之內，找到自己的生存之道。就像媽媽用藥草幫助這個城鎮的人一樣。妳要帶著媽媽的掃帚出門。那把掃帚用了很多年，很清楚該怎麼飛。」

「我才不要那把掃帚，它已經被煙燻得黑漆漆的，好像是用來打掃煙囪的一樣。而且，掃帚的柄又粗又重，一點都不精緻。吉吉，對吧？」

琪琪問正在她的腳旁張望的吉吉。吉吉正轉頭往後看，這次很誇張的用喉嚨發出了「咕嚕」的聲音。

「看吧，連吉吉也這麼說。如果用柳枝掃帚，人家會覺得上面的黑貓是坐在玻璃馬車上的新郎；但是用這把掃帚，人家會以為是烏雲。」

「噢，你們兩個聯合起來……」可琪莉笑了起來。

「你們太小了，還不懂事。掃帚不是玩具。媽媽的掃帚會愈來愈舊，以後，妳可以做自己喜歡的。不過，到那個時候，妳已經可以獨當一面了。」

可琪莉閉上眼睛，好像在思考什麼。

琪琪嘟著嘴巴，用掃帚咚、咚的敲著地板。

「我好不容易做好的……那要怎麼辦？」

「那就給媽媽用，可以嗎？」

聽到可琪莉的話，琪琪凝視了自己的掃帚好一會兒，最後，抬起頭說：「好吧，那就聽媽媽的。但我要選自己喜歡的衣服。我在大馬路的商店櫥窗裡看到一件很漂亮的衣服，是波斯菊的顏色。穿上那件衣服，一定像一朵花飛在天上。」

「很可惜，這也不能如妳的願。」可琪莉又皺著眉頭說。

「雖然，現在的魔女不戴尖尖的帽子，不穿黑色斗篷，但自古以來，就規定魔女必須穿黑色的衣服。這項規定不能改變。」

琪琪一臉氣鼓鼓的。

「黑色魔女配黑貓，真是老掉牙。」

「沒辦法，這是傳統。魔女本來就繼承了古老的血統。其實，黑色的衣服看起來很漂亮啊。這件事，就交給媽媽吧，我馬上就動手製作。」

琪琪嘟囔著：「又是古老的血統……」她噘著嘴巴，代替了自己的回答。

「琪琪，妳不要這麼在乎外表嘛，重要的是內心。」

「媽媽，我知道。我會注意內心的修行，只可惜沒辦法拿出內心來給妳看。」

琪琪不甘願的揚起頭，然後，輕快的衝到歐其諾身旁。

「爸爸，可以帶收音機吧？我想要一臺紅色的收音機，這樣，就可以邊飛邊聽音樂了。」

「好，好，我答應妳。」

歐其諾笑著點頭。可琪莉也露出了笑容。然後，轉過頭說：「好，就這樣了。琪琪，晚安。」

她的右手抓著圍裙角，輕輕的拉到眼角。

3 琪琪，降落在一個大城市

月亮一天比一天圓，終於到了滿月的那一天，也就是琪琪準備啟程的日子。

太陽開始西斜時，琪琪就換上了可琪莉為她縫製的黑色衣服，在鏡子前左看右看，忙得不亦樂乎。黑貓吉吉也不甘示弱的在她腳邊擺出各種姿勢照鏡子。然後，他們一起坐在掃帚上，轉過頭，看著自己在鏡子中的身影。

「好了，好了，你們兩個，到底要打扮到什麼時候……看看天空，晚霞都快消失了。」可琪莉一邊忙碌的張羅著，一邊催促他們。

「媽媽，可不可以把裙子稍微改短一點？」

琪琪拉著裙子，踮著腳問。

「為什麼？妳這樣穿很好看啊。」

「我覺得，稍微露一點腿會比較好看。」

「現在這樣才高雅嘛，可以給人留下文靜的印象。因為，許多人都對魔女有偏見。來，這是便當。」

可琪莉拍了拍琪琪的肩膀，把一個小包包放在旁邊。

「我在裡面放了些藥草，避免便當變質，妳要省著點吃。我外婆的外婆很會做修行之旅的便當，聽說她知道某種魔法藥草，加入麵包以後，麵包就不會變質、變硬，可惜現在已經失傳了。」

「我倒覺得這種魔法傳授起來應該很簡單，為什麼會失傳呢？看來，這就是魔法奧祕的所在。」

歐其諾從書房裡拿了一本書走了出來，插嘴說道。

「我是魔女，也搞不清楚是怎麼回事，聽起來很奇怪……聽說，是因為現在已經沒有真正漆黑的夜晚，也沒有完全無聲的安靜了。當有地方亮著燈，或者有些微的動靜時，注意力就會分散，無法順利使用魔法……」

「這倒是，現在比古早時代亮多了，而且，聽說有些地方到處都亮著燈。」

「沒錯，世界已經變了。」

可琪莉點點頭，正在照鏡子的琪琪說：「噢，是嗎？」

她一臉不滿的轉過頭。

「我認為，並不是因為這個世界變了，魔法才消失，而是魔女太拘謹、太內斂了。媽媽也不是整天都說，魔女要文靜、要低調嗎？我才不要在意別人說什麼呢！我想做什麼，就要做什麼。」

「哇，琪琪，妳真有主見。」

歐其諾誇張的瞪大眼睛。

「琪琪，妳聽我說，除了我們魔女以外，以前還有許多人擁有神奇的能力。但大部分人都認為他們是怪力亂神，擔心會帶來不吉利。」
「這倒也是……」
歐其諾也若有所思的點點頭。
「就是啊。常說道魔女會讓剛擠出來的牛奶發霉，但也是為了製作特別的起司呀。現在大家不是都在吃這種食物嗎？」
可琪莉說著，憂心忡忡的看著琪琪。
「魔女之所以能夠在這個世界生存，是因為她們改變了觀念，跟一般人相互依賴、相互幫助。有時候，當然需要內斂一點，必須跟其他人相互扶持。現在，也有像爸爸那樣的人，主動研究魔女和精靈，願意努力理解我們的世界。」
「妳在稱讚我嗎？真是太榮幸了。」
歐其諾誇張的彎了個腰。
「啊啊，天色已經黑了。月亮快露臉了，先不談這些傷腦筋的事，趕快吃飯吧。」
可琪莉拍拍手，站了起來。
「滿月之夜，天會很亮，很適合啟程去修行之旅。我調查了歷代魔女出發那一天的天氣統計資料，發現下雨天和晴天的比例，各占百分之五十……」

「這只能靠運氣。不過，今晚的夜空這麼清澈，應該沒問題。琪琪，妳真的準備好了嗎？」

可琪莉輕鬆回答了歐其諾的喃喃自語，又開始忙碌起來。

「真希望妳可以找到一個好地方。」歐其諾凝視著琪琪的眼睛說。

「琪琪啊，妳不能偷懶，就隨便找一個舒適安逸的地方喔。」可琪莉說。

「我知道啦！媽媽，妳不要為我操心了。」

「她又不是去外太空，只是去別的城市生活。再說，一年之後，就可以名正言順的回家探親了。」

歐其諾的這番話，好像在同時安慰可琪莉和琪琪這對母女。

可琪莉一臉嚴肅的站在琪琪面前。

「琪琪，不要嫌我囉嗦，妳一定要慎選城市。不能光從有許多商店或是很熱鬧這些外表來決定。因為，大城市的人都很忙碌，很少有時間關心他人。而且，不管到任何一個城市，都不能驚惶失措，要保持笑容，看到妳的人才會感到安心。」

「媽媽，我知道了。不會有問題的，不要為我擔心。」

琪琪點了好幾次頭，轉頭看著歐其諾。

「爸爸，你可不可以像我小時候那樣舉高高？像這樣把手放到我的腋下，把我舉得高高的。那個，再玩一次好不好？」

琪琪不好意思的吐了吐舌頭。

「好！」

歐其諾故意大聲的答應，把雙手放在琪琪的腋下，準備舉起她來。

「哇噢，妳好重。什麼時候長這麼大了？再來一次。」

歐其諾稍微搖晃了一下，再度把手伸進琪琪的腋下，高高的舉起她來。

「啊，舉起來了。不過，呵呵呵，好癢。」

琪琪扭著身體，大笑起來。

一如預期，滿月的光芒灑在東邊的草山上。

「好了，出發吧。」

琪琪原本打算好好向父母道別，脫口而出的卻是這句話。她把行李袋背在肩上，拿起放在一旁的掃帚，用另一隻手拎著歐其諾買給她的紅色收音機，對著從剛才開始就一直乖乖坐在她腳邊的吉吉說：「來，跟爸爸媽媽說再見。」

吉吉坐在地上挺起胸膛，抬頭看著歐其諾和可琪莉。

「吉吉，那就拜託你囉。」可琪莉說。

吉吉像往常一樣，搖了搖尾巴，算是牠的回答。

「媽媽，我會盡快寫信回來。」

「好，要記得盡快通知我們。」

「如果不順利，回來也沒關係。」歐其諾在一旁說。

「不會發生這種事的。」琪琪毫不猶豫的回答。

「爸爸，事到如今，你怎麼還說這種話。」

可琪莉輕輕瞪了歐其諾一眼。

歐其諾打開玄關大門，立刻傳來一陣「恭喜」的聲音。原來，有將近十位左鄰右舍的鄰居站在門口。

「咦!?」

琪琪驚訝的說不出話。

「你們怎麼會知道?」可琪莉也用沙啞的聲音問道。

「當然知道囉。因為我們會有好一陣子看不到小琪琪了。」

「而且這是值得慶祝的事啊。」

大家你一言,我一語的說著。

「要記得回來,敲響那些鈴鐺。」

「我們等妳回來,告訴我們妳看到的事喲。」琪琪的朋友也爭先恐後的說。

「我好高興,謝謝你們。」

琪琪好不容易才說出這句話,趕緊抱起吉吉,試圖隱藏自己快要哭出來的表情。

「天氣真好，真是太棒了！」

歐其諾抬頭看著天空，喃喃的說道。

跟每個人互道「再見」後，琪琪把收音機掛在掃帚前，讓吉吉坐在後面，準備起飛。掃帚稍微離地時，琪琪回頭向可琪莉道別。

「媽媽，妳要保重。」

因為她知道，如果不隔開一段距離，自己和媽媽都會忍不住哭出來。

「好，好，注意看好前面。」

可琪莉像往常一樣叮嚀著。聽到這句話，大家都哈哈大笑起來。

琪琪鬆了一口氣。即使在這特別的時候，她也希望媽媽仍然是平時的媽媽。

「再見。」

琪琪又大喊了一次，然後，迅速升上天空。她看著大家都在向她揮手，但那些人的身影漸漸模糊，整個城鎮彷彿是地面上的星星在眨眼。圓圓的月亮掛在天空中守護著琪琪。

終於，城鎮的燈光漸漸變得遙遠。腳下所見，都是一片黑漆漆的山，就像是動物的背脊。

「趕快決定要去哪裡啦。」

吉吉在背後戳了戳她。

「呃——」

琪琪慌忙四處張望著。

「南方，我想去南方。我曾經聽人家說，只要一直往南走，就可以看到大海。我想看看大海，即使只有一次也好。吉吉，可以嗎？」

「我能說不可以嗎？」

「拜託你不要這麼說嘛。」琪琪搖著掃帚大聲說道。

「為什麼女孩子老是問一些廢話？不過，拜託妳不要搞錯了。我們要尋找的是城市，不是大海。」

「好，我當然知道。呃，南方，南方是在……」

琪琪不安的左右張望，然後，鬆了一口氣的回答。

「我知道了，是這個方向。月亮在左邊，所以，絕對錯不了。」

她吹了一個口哨，不斷加快了速度。迎面吹來的風愈來愈強，掃帚發出像河水潺潺流動般的聲音。

黑漆漆的山谷之間，有時可以看到宛如點點星光的燈火，有時可以看到灰色的農田。不一會兒，又是一整片的山脈。

琪琪不斷飛啊飛。東方的天空漸漸泛白。白色的天空逐漸擴大，彷彿要趕走黑夜。於是，剛才只有灰色和深藍色的世界開始染上了不同的色彩。低矮的山丘覆蓋了一層春天的嫩綠，輕快得好像隨時會浮上天空。尖銳的岩石山也漸漸發出溼潤的光芒。看到一線曙光竟然將整個世界變得如此美麗，琪琪不由得既感動，又興奮。

狹小的山谷裡，有個小小的村莊，煙囪裡飄出一縷又一縷的細煙。

不久，山谷反射著光芒，出現了一條小河。小河先是若隱若現，接著變得愈來愈大。

「我們沿著那條河飛吧，河流最終都會流入大海。」

琪琪打開收音機，隨著收音機裡的音樂吹起了口哨。掃帚乘著風，在天空中輕快的飛啊飛。

「雖然媽媽再三叮嚀，但我還是不想去小城市。」琪琪突然自言自語的說。

「那麼，妳想去怎樣的城市？」

吉吉扯著嗓子大叫，以免被風和收音機的聲音掩蓋過去。

「這個嘛，最好比媽媽的城市大一點。要有高樓大廈、有動物園、有火車可以到達的大車站，還有遊樂園……吉吉，你覺得怎麼樣？」

「妳真貪心。我嘛……只要有可以晒到太陽的屋頂……還有可以照到太陽的廣角窗……還有可以晒到太陽的走廊……」

「你是不是覺得冷？」

「嗯，有點。」

「過來這裡吧。以後，我們要相依為命了。你要學會有話直說，不要跟我客氣。」

琪琪說著，把原本緊抓著她後背的吉吉抱到膝蓋上。

「琪琪，那個城市怎麼樣?」

不一會兒，吉吉突然伸長脖子說。下面那個城市的四周被美麗的綠色小山圍繞，呈現像盤子一樣的形狀。紅色和綠色的屋頂聚集在一起，宛如加在湯裡的胡蘿蔔和豌豆。

「好漂亮。」琪琪說。

「住在這種城市一定很棒。」

吉吉一副心領神會的表情。

「但是……太小了……咦!?你看那裡。」

琪琪突然大聲叫了起來，用手指著遠處的黑點。黑點愈來愈大，仔細一看，另一個魔女正坐在掃帚上飛翔，肩上也坐著一隻黑貓。他們搖搖晃晃的，好像坐在一匹脫韁的野馬上。

「過去看看吧。」

琪琪用力壓低身體。

「咦!?」

那個人看到琪琪，瞪大了眼睛，掃帚仍然騎得忽高忽低。她的年紀似乎比琪琪大一點。

「哇，能夠見到魔女朋友，真是太令人感動了。妳是從哪裡來的？對了，今天該不會是妳的大日子吧？」

那個魔女迅速打量了琪琪的全身。

「沒錯，我今天晚上剛出發。妳看得出來嗎？」

琪琪讓掃帚和她的並排，邊飛邊問。

「那當然。妳精心打扮，而且神色很緊張。我以前也是這樣。」

「妳看得出我神色緊張嗎？我還以為自己很平常心呢……」琪琪呵呵呵的笑了起來。

「妳多久以前開始修行呢？」

「差不多一年了。」

「這個城市怎麼樣？」

「好不容易才適應。」

「很辛苦嗎？」

琪琪露出有點不安的眼神。

「我覺得還好啦。」

前輩魔女得意洋洋的聳了聳肩。圓臉的兩側有兩個小酒窩，看起來很親切。

就是這個表情。

琪琪想起可琪莉要她「保持笑容」。

「妳靠什麼維生？」

「我會占卜。這隻貓叫普普，我可以看透人的心思喔，大家都說我算得很準，或許是客套話吧……不過，這個城市的人都很親切。」

「真好。妳差不多可以回家探親了吧？」

「對，沒錯。到時候，可以抬頭挺胸的回去，所以，我對修行成果很滿意。不過，別看我現在這樣，我也曾經有辛苦的時候。」

「我想也是。妳的掃帚好像有點問題。」

「啊哈哈哈，才不是呢，是我不太會飛啦。既然出來修行之旅，如果不偶爾飛一下，就搞不清楚自己到底是不是魔女，也會傷腦筋吧。今天對面山上牧場的母牛在鬧彆扭，我要去看看，所以才這麼一大早出門。雖然今天不是去占卜……」

「啊？牛嗎？」

「魔女的工作，就是不能拒絕別人的要求。那頭母牛有點與眾不同，脾氣和人差不多。上次因為不喜歡掛在脖子上的鈴鐺，鬧了好久的情緒。」

「哇噢，牠還真挑剔。」琪琪笑道。

「牠喜歡聽音樂，幫牠換了鈴鐺，又在一旁唱歌給牠聽後，牠的心情就變好了。那頭母牛的女主人送了我很好吃的起司作為謝禮。味道好香，放在爐子上，一下子就化開了。我每次都很期待呢！」

「好羨慕妳一切都這麼順利。」

「妳也一定會很順利的。妳和我一樣可愛，也和我一樣聰明，又很會飛，雖然有點太活潑了……好好加油。不好意思，我在趕時間，掰掰囉。」

前輩魔女揮揮手，又搖搖晃晃的飛走了。

「她好像在自吹自擂。」吉吉小聲的說。
「但她剛才稱讚我。」
「是嗎？她的貓自以為是前輩，一副裝模作樣的，也不向我打招呼。」
「咦!?吉吉，其實你很想和牠聊聊吧？這種時候，你就主動和對方打招呼啊。」
「我才沒有……」吉吉用鼻孔哼了一聲。
「好了，我要好好考慮自己的事了。」
琪琪使勁向右一轉，繼續往前飛。

琪琪不停飛啊飛，看到好幾個感覺很不錯的城市。雖然吉吉每次都抱怨「趕快決定吧」，但琪琪仍然堅持「要去大海」，一再重複「再一下下，一下下就好」。
漸漸的，山愈來愈少，接二連三的出現了農田、村莊和城市。河流比之前更加寬闊、蜿蜒的延伸。水面上，映照著琪琪他們小小的身影，好像魚兒在游泳。
「啊，那裡，是不是大海？」吉吉大聲叫了起來。
原本一直注意著下方的琪琪抬頭一看，遠處有一條閃閃發光的線，分隔了藍天和碧海。

「對，那就是大海，絕對不會錯。你的眼力真好。」

「搞什麼嘛，只是一個大水塘而已嘛。」

吉吉似乎很失望。

「好壯觀喔，你不覺得很壯觀嗎？」

琪琪大聲的歡呼著，環顧視野所及的範圍，突然，她發現在河流匯入大海的地方，有一座城市。

「啊，看那個城市。啊，好大的橋。」琪琪又歡呼起來。

「啊，火車。」吉吉也叫了起來。

「好，趕快去看看。」

琪琪加速飛去。

飛到近處一看，發現那個城市比想像中大得多。好幾幢四方形或三角形的大樓高聳入雲。琪琪左看右看，終於興奮的說：「我決定住這裡！」

「這個城市會不會太大？可琪莉夫人不是說，又大又熱鬧的地方不一定好。」

吉吉有點擔心的樣子。

「但是，我喜歡這裡。啊！你看那座鐘塔。」

琪琪手指著的鐘塔高高聳立在城市中央，簡直像可以爬上天空的梯子。

「如果抓著鐘塔，把整座城市像陀螺一樣轉動，應該很好玩。影子可以拉得這麼長，整座城市就像是一個日晷。」

琪琪兩眼炯炯有神的注視著下面。

「妳還真會說大話。不過，這裡可能和剛才的城市一樣，已經有魔女了。」

「沒打聽一下怎麼會知道？」

琪琪把掃帚柄往下一壓，緩緩的降落在馬路上。

這時，馬路上擠滿了下午出來逛街購物的人。當琪琪的雙腳站在圓石路上，大家都驚訝的停下了腳步。有人嚇得躲到一旁，有人躲在別人的身後，很快的在相隔琪琪有一段距離的地方，圍了一群人。琪琪慌忙把腿從掃帚上移了下來，讓吉吉坐在肩上，展露微笑。

「呃……我是魔女琪琪……」

「噢，是魔女。最近很少看到了。」

一位老奶奶扶了扶眼鏡，一直盯著琪琪。

「哇，這麼說，這裡現在沒有魔女囉？太好了。我是魔女琪琪，這是我的黑貓吉吉。我想住在這裡。」

琪琪說完，環視四周，彬彬有禮的向大家鞠了一個躬。

「住在這裡？妳要留在克里克城嗎？」一個男人問。

「這種事是由誰決定的？新任市長嗎？」一個女人問。

所有人都面面相覷，七嘴八舌的議論起來。

「魔女對我們有什麼幫助？」

「這個年頭還在天上飛，不是很奇怪嗎？」

「聽說，以前每座城市都有一個魔女。但這裡之前沒有魔女，也好好的呀！」

「媽媽，魔女會魔法嗎？好好玩。」

「一點都不好玩，很可怕喔。」

「該不會有什麼陰謀吧。」

琪琪聽著這些稱不上是友善的話，心裡愈來愈難過。但她仍然提醒自己要保持笑容，並覺得自己該說一些話。

「這裡好漂亮，而且鐘塔也很棒，我想住在這個城市。」

「妳喜歡這裡，當然沒什麼問題。」

「但別給大家添麻煩。」

「對啊，妳自己看著辦吧。」

大家各自發表意見後，又紛紛散開，隱沒在街道上。

琪琪剛才的活力已經消失得無影無蹤。聽到這裡沒有魔女時，還以為大家會因為好奇而歡迎自己呢。她從早上到現在一直不停的飛，都還沒吃東西，這時，渾身的疲憊頓時湧現，身體也愈來愈沉重。

琪琪原本住的城市，人們都很喜歡和魔女一起生活。

「魔女就像時鐘裡的潤滑油，只要有魔女在，整座城市都會充滿活力。」

大家都很重視魔女的存在，每天都有人帶一些好吃的東西上門，說「這些請你們嘗嘗」。當然，琪琪家也會回送一些東西，比方說可琪莉做的噴嚏藥，或是教大家一些流傳已久的藥草名字，還有陪陪獨居老人，或是坐上掃帚幫人送遺忘的物品……彼此在日常生活中相互幫助。

琪琪從小生活在這樣的環境中，現在卻突然聽到別人對她說「妳自己看著辦吧」……在一個新來乍到的城市，而且才剛開始修行之旅，到底要怎麼「看著辦」的生活下去，她完全沒有概念。

琪琪離開了大馬路，低著頭，拖著掃帚往前走。

「就像可琪莉夫人說的那樣，不應該選擇大城市。」

吉吉坐在她肩上，在她耳邊輕聲的嘟囔了一句。

琪琪刻意慢慢的點了點頭，以免眼淚奪眶而出。

「怎麼辦……呢？」

她喃喃自語著，撫摸著吉吉的尾巴。

「反正船到橋頭自然直。」

吉吉故意很有精神的搖了搖尾巴。

天色快黑了。晚餐可以吃可琪莉為他們準備的便當，但晚上到底要住在哪裡呢？

雖然琪琪身上有錢可以住宿，然而，這座城市有願意讓魔女住的地方嗎？琪琪信心全失，漫無目的的走在街上。

「呿，現在的魔女太弱了。如果是以前，魔女會搬起那個鐘塔，把整座城市放到深山窮谷去，這種城市休想有安寧的日子。」

吉吉突然大聲的說，試圖鼓勵琪琪。琪琪默默的聳了聳肩。

琪琪漫無目的的四處徘徊，來到一條窄巷。這裡沒有高大的建築，只有櫛比鱗次的小房子。不知不覺中，太陽已經下山了，道路兩旁的商店紛紛拉下了鐵門。或許是正值晚餐時間，窗戶裡傳來碗盤碰撞的聲音和歡聲笑語。

眼前一家鐵門拉到一半的麵包店裡，突然傳來一個女人高亢的聲音。

「咦!?啊，慘了，那位太太忘了拿重要的東西，你可不可以幫忙送過去？」

琪琪以為對方是在和自己說話，便停下了腳步。接著，聽到一個男人的聲音。

「幹麼大驚小怪的？什麼重要的東西，只不過是嬰兒的奶嘴，又不是忘了把嬰兒帶回家。我等一下要去參加聚會，明天一大早再送過去吧。」

「這樣不行啦。那位太太是很好的老主顧，特地從很遠的地方帶著孩子過來買奶油餐包。你覺得奶嘴不重要，但對嬰兒來說，根本沒辦法離手，就像你的菸斗一樣。沒有了奶嘴，那孩子今天晚上一定睡不著，這樣太可憐了。算了，我自己去。」

麵包店的老闆娘鑽出鐵門外，站在店門前，店裡響起男人的聲音。

「喂，不行啦，妳怎麼能拖著這個身體過河？」

老闆娘挺著大肚子，好像馬上就快要生孩子了。她的手上握著一個橡膠奶嘴。

老闆娘回頭說：「那你要去送嗎？」

「明天會去啊。」

「哼。」

老闆娘負氣的揚起頭。

「老公，你也快要當爸爸了。沒想到你竟然這麼壞心眼……」

老闆娘轉頭對店裡說完，雙手抱著鼓起的大肚子，邁開步伐。她的肩膀搖得很厲害，走得很辛苦。

「呃——」

琪琪忍不住的追了上去，叫住了她。

「如果妳不介意，我替妳送過去，好嗎？」

老闆娘轉過頭，往後退了兩、三步，然後很快的從頭到腳打量著琪琪。

「妳這麼個年輕小女生，穿著一身黑衣服，還拿著掃帚，是清掃煙囪的嗎？」

「不，呃……其實，我是……剛到這裡的魔女。」琪琪戰戰兢兢的說。

「啊，魔女？喔，原來是魔女。我以前聽說過，但還是第一次親眼看到。」

老闆娘的肩膀起伏著，喘著氣。

「但是，怎麼可能是真的……妳應該只是演魔女的演員吧？」

琪琪慌忙搖頭。

「不，是真的。所以，我可以輕輕鬆鬆的幫妳送東西過去。妳願意讓我幫這個忙嗎？」琪琪十分懇切的說。

「妳是真的魔女嗎？不過，那裡有點遠，沒關係嗎？」

「對，多遠都沒關係……應該不是很北方，像是北極之類的地方吧？我只穿了這件衣服，沒有斗篷。」

老闆娘噗哧一聲笑了出來。

「我喜歡妳。那就麻煩妳幫這個忙，好嗎？」

「嗯，當然沒問題。」

琪琪也笑著點頭，卻突然擔心的問：

「呃……夫人，」

「別叫我夫人，大家都叫我麵包店的索娜太太。」

老闆娘在胸前拚命搖著手。

「那……索娜太太，我用飛的把東西送過去，這樣可以嗎？」

「沒那麼誇張啦，不用坐飛機。」

「不是，我是騎掃帚。」

「啊？」

索娜太太偏著頭，張著嘴，說不出話

來。好一會兒，才喃喃的說：「今天真是個不尋常的日子。」

然後，又搖了搖頭說：「我才不管妳是魔女，還是稻草人；是在天上飛，還是在水裡游。我不喜歡傷腦筋的事。現在，最重要的就是把奶嘴送過去。」

「有妳這句話，我就好辦事了。」

琪琪嫣然一笑。吉吉也在她肩上搖著尾巴，露出可愛的模樣。

「既然這麼決定了，就馬上行動吧。」

索娜太太摸著圍裙的口袋，說道：「我馬上畫地圖給妳。還有，我並不是不相信妳，不過當妳送到時，麻煩請嬰兒的媽媽在地圖後面簽個名。到時候，我會好好答謝妳的。」

「哇！太棒了。」

琪琪忍不住用和朋友說話的語氣歡呼起來。接過地圖和奶嘴後，琪琪跨上掃帚，雙腳用力一蹬，立刻飛了起來。

「哇啊，看來是真的耶。」

身後傳來索娜太太驚訝的叫聲。

琪琪順利的送到奶嘴時，嬰兒的母親連聲道謝，感謝她「真是幫了大忙」。原本張著嘴巴哇哇大哭的嬰兒，一吃到奶嘴，也馬上露出了笑容。

琪琪飛回麵包店時，心情特別舒暢。

「真是幫了大忙」這句話，讓她剛才受挫的心靈頓時溫暖起來。琪琪對緊緊抱著她屁股不放的吉吉說：「我不會有問題的，你可以放心了。」

「哼，是喔。」吉吉又用鼻孔哼了一聲。

「突然覺得肚子好餓。」

「真的耶。」

琪琪伸手拍了拍吉吉的背，繼續說道：「等事情辦完後，我們找一個樹下吃媽媽做的便當吧。不過，不能吃太多，要留著慢慢吃。月亮這麼圓，真是太好了。」

麵包店的索娜太太對著天空張大了嘴，維持著剛才的姿勢，仍然站在剛才的地方。看著琪琪靜靜著地時，她嚇了一跳的說：「會飛真方便，妳也教教我怎麼飛吧。」

「這可不行。如果沒有魔女的血統，就無法飛起來。」

「是嗎……」索娜太太很不甘心的說：「或許我身體裡也有魔女的血統……怎麼樣？妳看不出來嗎？」

索娜太太把兩手從圓圓的肚子上移開，像小鳥張開翅膀般，拚命上下甩著。

琪琪垂下眼睛，輕輕笑了笑。

「我想，妳應該不是魔女。」

「是嗎？妳怎麼知道？」

「憑直覺。」

「真是掃興，這也難怪，我從來沒聽說過我外婆，還有外婆的外婆曾經是魔女。啊，對了對了，那個小嬰兒還好嗎？」

琪琪把在背面簽了名的地圖遞給索娜太太。

「他原本在哭，但很快就高興起來了……我也好開心。」

「太好了！對了，魔女小姐，我要好好答謝妳。」

「叫我琪琪吧。妳不需要答謝我，能夠遇到妳這樣的好人……光是這樣，我已經……其實我剛到這裡不久。」

「妳真的不貪心。雖然送妳賣剩的麵包有點不好意思……」

索娜太太說著，從店裡抱著五個奶油餐包走了出來，遞給琪琪。

「哇，看起來好好吃。我就不客氣收下囉。」

琪琪情不自禁的歡呼著，接過麵包，恭敬的鞠了一個躬後，轉身準備離開。

「魔女小姐，啊，妳說妳叫琪琪吧？妳說妳剛到這個城市，今天晚上要住在哪裡？」索娜太太問道。

「……」

琪琪轉過頭，抱著吉吉，垂頭喪氣的看著地上。

「妳該不會還沒有地方住吧？」

「……」

「妳為什麼不早說。那就去住我家麵粉倉庫的二樓吧。雖然地方不大，但有一張床，也可以盥洗。」

「啊？真的嗎？」

琪琪忍不住抱緊吉吉，驚叫起來。

「如果妳不喜歡，明天可以再去找更好的地方。」

「不，怎麼會呢？太感謝妳了。老實說，我正在傷腦筋呢。不過，這樣好嗎？我是魔女，這個城市的人好像不太喜歡魔女。」

「我很喜歡妳啊。妳放心吧，而且，讓魔女住在家裡，是一件很棒的事。」

索娜太太用手托著仍然低垂著頭的琪琪下巴，讓她抬起頭，用一隻眼睛向她使了一個眼色。

位於麵包店隔壁的麵粉倉庫到處都蒙上了一層麵粉，整片白茫茫的。琪琪和吉吉安心的吃完便當，累得直接躺在床上。

「我明天會不會變成一隻白貓？」

吉吉看著自己的身體，輕輕的打了一個噴嚏。

「吉吉，這裡有可以晒到太陽的多角窗，不是正合你的意嗎？」

琪琪鬆了一口氣。經過了漫長的旅程，修行之旅的第一天終於落幕。

「琪琪，我們明天還要找新的城市嗎？」吉吉問。

「我想，明天再留在這裡看看。雖然我沒有原先想像的那麼受歡迎，但麵包店的阿姨喜歡我。或許，還會有另外一、兩個人喜歡我。你不覺得嗎？」

「嗯，應該吧。或許還有兩個人、三個人。」

吉吉才剛說完，就已經發出均勻的呼嚕聲睡著了。

4 琪琪，開店囉

魔女琪琪來到克里克城已經三天了。

「妳想住多久，就可以住多久。」

聽到麵包店的索娜太太這麼說，琪琪整天都窩在麵粉倉庫裡。雖然沒什麼食欲，但她整天呆呆的坐在床角，輪流吃著媽媽可琪莉為她做的便當，和索娜太太送她的奶油餐包度日。不知道是否感染了琪琪的心情，吉吉也整天黏在她身旁，寸步不離。

今天差不多該出去買食物了。然而，琪琪不敢踏出去一步。聽到街上不時傳來的聲音，從窗戶看到行色匆匆的路人時，她就莫名的感到害怕。在她眼裡，這裡的一切都很冷漠。那天晚上，為嬰兒送奶嘴後，她顯得自信多了，但到了第二天早晨，這份自信又蕩然無存了。

「因為，我……但是……」

今天早晨，她也在心裡不斷重複著這些不知道該怎麼說的藉口。

她可以留在這個城市，假裝成普通人生活著。而且，只要她不怕丟臉，並沒有人規定她不能逃回家……但是，如果這麼做，和只敢稍微露出一點頭，就馬上縮回去的結草蟲沒什麼兩樣。雖然這麼說對結草蟲有點不敬，但琪琪不願過那樣的日子。琪琪把手放在發悶的胸口上，看著放在房間角落那把可琪莉的掃帚。

不能再這樣下去。一定要找到能夠讓我自食其力的事……我之前也成功的送到了奶嘴。那一類的工作或許我可以勝任。我最擅長飛行了……媽媽也說過，大城市的人都很忙，而我剛好就來到這樣的大城市。或許，許多人因為太忙了，正在為沒辦法及時送達一些小東西傷腦筋呢。

想到這裡，琪琪的心情稍微開朗了一些。

於是，琪琪將自己的想法告訴了來探望她的索娜太太。

「送東西……妳的意思是……快遞嗎？」索娜太太不解的問。

「是這樣沒錯……但是，我要送的不是那種大型的行李……而是小東西之類的……或是交代我做一些類似可以輕鬆的託鄰居大姊姊代勞的事……」

「嗯，這個主意不錯。嗯，嗯，沒錯，妳也可以幫我很多忙。等小寶寶出生後，我也經常需要出門辦一些事情。嗯，這個主意很棒，真的很棒。」

索娜太太愈想愈覺得這個點子不錯。

「但是，妳快遞這些小東西，要怎麼收費？妳有沒有什麼打算？」

「不用，只要分送一點東西給我就好了。」

「啊？妳說什麼？」索娜太太又問了一次。

「送、一、點、東、西、給、我、就、好。從古到今，魔女都是用這種方式生活。我們為大家做力所能及的事，大家分一點食物給我們，這叫『相互幫助』。」

不知不覺中，琪琪竟然模仿起可琪莉的口吻說話。

「聽妳這麼說……好像的確是這樣。但這樣怎麼夠呢？」

「不，我們並不需要太多東西。我已經有衣服了，食物也只要一點點就夠了……

我們節儉慣了。」
「原來是這樣，」索娜太太欽佩的點著頭說：「既然如此，就需要一個店面囉。」
「對，至少要有個小店面，掛上『送貨屋』之類的招牌……」
「那，下面的麵粉倉庫怎麼樣？只要把東西移到角落就好了。」
「啊？真的可以嗎？」
「當然。雖然有點小，但做生意的時候，一開始小一點沒關係，這樣就可以期待以後愈做愈大。」
索娜太太興奮得好像是自己要開店。
「琪琪，既然決定了，就趕快行動吧。但是『送貨屋』這名字不太好吧，聽起來就像『迷糊屋』*。我以前不知道在哪裡聽過『宅急便』，就是快速將貨物送到府上的意思，聽說真的很方便。對了，既然是妳開的店，可以在前面加上『魔女』兩個字，『魔女宅急便』這名字不錯吧。」
「加上魔女這兩個字沒關係嗎？」
「妳不用擔心啦，店名愈怪愈好，妳看看我的店就知道了，我們叫『古喬爵麵包店』，大家一下子就記住了。這也是做生意的祕訣。」

索娜太太看著琪琪，自信滿滿的點了好幾次頭。

第二天，索娜太太生下了一名女嬰。琪琪一下子幫忙顧麵包店，一下子照顧索娜太太，忙得不可開交。因此，耽誤了她自己開店的準備工作，但十天後，她的店終於開張了。

店門口的牆上原本蒙上了一層白白的麵粉，琪琪仔細的擦好後，掛上了招牌。

魔女宅急便。需要送貨嗎？無論任何東西，都可以快速送到您指定的地點。

叫件專線一二三—八一八一。

在索娜太太的幫忙下，好不容易申請到這麼理想的號碼。

＊「送貨屋」日語發音為otodokeya，「迷糊屋」為otobokeya。

琪琪和吉吉三番兩次的走到外面，抬頭看看招牌。

「既然已經開張了，擔心也沒用。」

琪琪每次都自言自語的說。

「對嘛，上次不知道是誰說，開始做一件新的事，心情總是特別興奮。」

吉吉也為琪琪加油打氣。

在索娜一家的協助下，店裡必要的東西一應俱全。以前四處散放在地上的麵粉袋都疊好堆在一旁，在入口附近，用紅磚和木板搭起一張桌子，上面放了一具電話機。前面的牆壁上，貼了一幅大大的克里克城地圖。進門後的柱子上，掛著媽媽送她的那把擦得乾乾淨淨的掃帚。琪琪看著掃帚，安慰的想道：**幸好不是帶自己做的小掃帚。雖然現在有很多事需要擔心，至少不必擔心掃帚的問題。**

新店開張已經一個星期了，卻完全沒有半個客人上門。

「會不會是因為店名加了『魔女』，大家才不敢上門？對不起，都怪我，聽說有人擔心把東西交給妳，妳會用魔法改變它，或是把東西變不見。開什麼玩笑！」琪琪去探望嬰兒時，索娜太太一臉歉意的說：

「如果有人願意來試試就好了。等我可以下床，就能幫妳想想辦法了。」

「別擔心，大家以後一定會了解的。」琪琪露出了笑容。離開索娜太太，回到家後，她無力的癱坐在椅子上，甚至忘了吃午飯。

「我好傷心。為什麼大家都認定魔女會做壞事？」

「因為他們不了解嘛，這也是沒辦法的事。」吉吉像大人一樣安慰她。

「對，人們根本不了解魔女。雖然魔女有些奇奇怪怪的舉動，但從來沒做任何壞事……人類對自己無法理解的事，就認為是壞事。我還以為只有古時候才會這樣……」

「所以，只要主動告訴他們就好了。也就是說，需要自我宣傳一下。」

「宣傳？怎麼宣傳？」

「寄信到人們家裡。」

「要寫什麼呢？」

「比方說，我是個很可愛的小魔女之類的。」

「嗯，這個主意不錯！」

琪琪的聲音終於開朗起來。

「好，我們來寫信吧……」

琪琪站了起來，打開緊閉的窗戶。風迫不及待的吹了進來。風不會太強，也不會冷，是溫柔的春風。當春風拂上琪琪的臉，她覺得最近一直硬得像石頭的緊張心情頓時消失無蹤了。

琪琪就像是從泥土裡鑽出來的地鼠一樣，瞇著眼睛，仔細打量四周。

馬路對面房子的每戶人家，都敞開窗戶，也都拉開窗簾，陽光照進了屋裡。收音機的音樂隨著風飄了過來，還聽到有人在呼喚某人的聲音。

琪琪的目光突然停留在不遠處一幢公寓的窗戶上。一個年輕女人正用力揮手。好像是對著琪琪招手，叫她「過來，過來」。琪琪急忙用手指了指自己的臉，意思是問「叫我嗎？」女人用力點頭，好像在說「對啊」，然後，又拚命的招手。琪琪看了一眼，計算了一下窗戶所在的位置。是三樓左側數過來第四個房間。

琪琪拿起掃帚，邊開門邊說：「好像有人找我，我去看一下。吉吉，你要不要一起？」

吉吉一言不發的跳到琪琪身上。

琪琪走上樓梯，那個房間的門開著，她立刻就找到了。剛才那位小姐手拿著水藍色的行李箱，正在鏡子前戴紅色的帽子。

「來，進來吧，進來吧。」

她從鏡子裡發現琪琪的身影，馬上這樣說道。

「我聽麵包店的老闆娘說……妳是不是可以幫忙送快遞？」
「對，是啊。」
「聽說妳會在天上飛？」
「對。」
琪琪微微垂下眼睛，擔心對方會說一些不中聽的話。
「聽說只要一點點謝禮，就可以請妳幫忙？」
琪琪默不作聲的點點頭。
「妳好可愛。我聽說妳是魔女時，還以為妳頭上有角，長著獠牙呢！」年輕的小姐雖然嘴上這麼說，卻一臉不感興趣的樣子。琪琪差點脫口說出：「好過分！」但急忙閉上了嘴。
「啊，對不起，因為這座城市沒有魔女，所以，我從來沒看過。那些故事書裡，都把魔女寫得好可怕。那麼，一點點謝禮是多少？妳會在空中飛，價格應該不便宜吧？」
「不，只要送我一點東西就好了。」琪琪再度垂著眼睛說。

「送一點東西？送什麼呢？我是裁縫，會幫別人做衣服……」

年輕的小姐這才轉過身，皺著眉頭，從頭到腳打量著琪琪。然後，她一邊搖著頭，一邊「嘖、嘖、嘖」的咂著舌頭。

「妳的洋裝雖然很漂亮，但會不會太長了？今年流行稍微露一點膝蓋。對了，就這麼辦。我三天以後就回來，到時候，幫妳把裙子縫短一點。就算是我的報酬，可以嗎？」

她都沒說要送什麼東西，就擅自決定了……

琪琪歪著嘴，站在原地。

年輕的小姐再度看著鏡子，用髮夾把帽子帥氣的夾在頭上，以比剛才更快的速度說：「因為遠方的客人突然找我，所以我得趕著出門。那位客人想做一件新衣服，非要今天就試穿看看。所以……」

年輕的小姐指了指放在桌上一個蓋著白色蕾絲的鳥籠。

「這是送給我五歲外甥的生日禮物，可不可以請妳代替我送過去。那孩子，竟然指定鳥籠和布娃娃兩種禮物，我也答應他了。而且，還規定一定要在今天四點以前送到。只要稍微遲到，就要被罰倒立九十四次。妳倒是試試看，到時候就會搞不清哪裡是頭，哪裡是腳了。只剩下一個小時了，妳一定不能遲到，拜託囉。什麼？地址？安斯路十號，逆河流而上的方向，就在近郊的大型花店後面那條路上。啊？名字？只要說是小淘氣，大家都知道。那就拜託妳囉。」

年輕的小姐一口氣說完，急忙把鳥籠遞到琪琪手上，她自己也離開了公寓。

琪琪拉起蕾絲，朝鳥籠裡張望著。

「哇，吉吉，簡直是你的分身，好可愛。」

裡面有一個黑貓布娃娃，脖子上綁了一個大大的薄荷色蝴蝶結，坐在銀色的坐墊上。應該是那位年輕小姐親手縫製的吧。

琪琪把鳥籠的吊環穿在掃帚柄上，掛在收音機的後方。

「你在後面，要幫我看好。」

她讓吉吉坐在掃帚尾端，然後，從房子後方緊急起飛。

「好久沒飛，太舒服了。」

太陽已經移向西邊，發出刺眼的光芒。當風吹起鳥籠上的蕾絲布時，吉吉瞪著鳥籠。

「那傢伙竟然綁著蝴蝶結，裝什麼可愛。」

吉吉獨自嘀嘀咕咕的，過了一會兒，又自言自語的說：「那傢伙，竟然可以坐在那麼漂亮的墊子上。」

「喔？難道你也想要嗎？」琪琪轉頭笑了起來。

「那是給坐著不動的布偶用的。」

吉吉假裝沒聽到琪琪的話，身體悄悄移到鳥籠旁。然後，伸出前腿，突然用爪子把鳥籠勾了過來。掃帚立刻搖晃起來。

「不行！你給我乖乖坐好。」琪琪斥責牠。

吉吉豎起耳朵，慢慢縮回前腿，舔了舔嘴。

「吉吉，你該不會也想坐進籠子吧？」

「那很漂亮啊。」

「吉吉，你好無聊。真不敢相信，你竟然和我同年，真受不了。」

琪琪無奈的笑了起來。

掃帚又穩穩當當的飛了起來。吉吉看準這個機會，以迅雷不及掩耳之勢，用爪子打開鳥籠的門，伸直身體，想要鑽進去。掃帚劇烈搖晃起來。

「啊、啊、啊！」

琪琪正想阻止，卻已經來不及了。黑貓布娃娃從打開的鳥籠掉了出來。

「啊、啊！」

琪琪大叫著，伸手想去接，但為時已晚。布偶在往下掉落時，好像黑色的旋渦，不停的打轉。

琪琪立刻掉頭去追，原本在遙遠下方的綠色樹林愈來愈近，琪琪一頭往裡面鑽去。樹枝頻頻打到身體，好不容易找到一小塊空地，將雙腳站在地上。然後，揮舞著掃帚，在樹枝和草叢中四處尋找。

但是，什麼也沒找到。樹林很大，樹木上的枝葉茂盛，如果剛好勾到樹枝茂密的暗處，根本不可能發現。況且，布偶很輕，倘若被風一吹，很可能掉在完全意想不到的地方。

琪琪差點就哭出來了。

那位年輕小姐雖然第一次看到琪琪，但還是很信任她，把這麼重要的任務託付給她。她是新店開張後的第一位客人，眼看卻要搞砸了。

約定的四點就快到了。琪琪瞪著嚇得縮成一團的吉吉。

「你這隻壞貓……」

琪琪說到這裡，重重的嘆了口氣。

「對了，我想到一個好主意。吉吉，你進去鳥籠裡。」

吉吉驚訝的抬起頭，搖著頭倒退了幾步。

「你剛才不是想進去嗎？沒時間了，趕快進去吧。」

琪琪提高了嗓門，倒吊著雙眼，指著鳥籠。吉吉慌忙鑽進鳥籠，而且，並沒有忘記坐在還留在鳥籠裡的銀色坐墊上。

琪琪關上鳥籠的門，輕聲細語的說：「忍耐一下下就好。一找到布娃娃，我立刻去把你換回來。」

吉吉用不滿的眼神看著琪琪。

「我要假裝是布娃娃嗎？」

「對啊。」

「所以，我不能叫囉？」

「對，你睡覺就好了。很輕鬆吧。」

「也不能呼吸嗎？」

「盡量不要。」

「我不要。對方是個淘氣鬼，那個女人不是說，他會要別人做九十四次倒立嗎？」

「別擔心，我很快就會把你贖回來。」

吉吉嘆了口氣，無精打采的蹲了下來。然後，轉過頭去。這次，琪琪小心翼翼的把鳥籠掛在前面，急忙起飛趕路。

她沿著河流往前飛，每經過一個十字路口，就確認路名，很快的找到了花店後方的安斯路十號。按了門鈴，立刻響起一陣蹣跚的腳步聲，隨著「阿姨嗎？」的聲音，門打開了。

門裡出現一個小男生，臉頰上貼了一塊OK繃，鼻子上也有一塊，額頭上有二塊，膝蓋上貼了三塊。

「對不起，你阿姨臨時有事不能過來，我代替她送禮物來了。這是你的禮物。生日快樂！」

小男生從琪琪手上接過鳥籠，迅速看了一眼，抱在手上，高興的跳了起來。琪琪從鳥籠的縫隙中看到吉吉皺著眉頭，在鳥籠裡晃來晃去。

琪琪趕緊說：「輕一點、輕一點，你要好好照顧這隻貓咪喔。」

「嗯，我一定會好好照顧它。我會當成寶貝，善待它，每天收在口袋裡。」

小男生吐了吐舌頭。

「啊！」

鳥籠裡傳來一聲輕輕的慘叫。

「那就待會見囉。」琪琪向小男生揮著手。

「咦？妳還會再送東西給我嗎？」

「嗯，也許吧。」

琪琪說完，抱著掃帚，掉頭衝了出去。

回到剛才那裡，才發現那裡原來是座森林。她在布偶掉落的附近仔仔細細的找了一遍，但幾乎都找過了，還是不見蹤影。

這樣下去……吉吉就要一直留在那個小淘氣那裡，再也無法回到琪琪的身邊……原本相依為命的兩個……

暮色漸漸籠罩四周，琪琪不知所措的靠在一旁的樹上。然後，突然抓起自己的裙子，仔細端詳著。

「只好把這件裙子裁短，我自己來縫製一個黑貓娃娃好了。況且，現在流行短裙……試試看吧……」

這時，後面傳來一陣歌聲。

　　壞人的黑色、黑煙的黑色
　　只有黑貓的黑、才是好的黑色

魔女的黑色、當然更理想
黑色有很多種、可以選擇

琪琪驚訝的回頭一看，從樹叢的縫隙中，可以看到一幢小房子。原本以為自己倚靠在樹林的樹木上，現在才發現原來是沒有修剪的籬笆。一個綁著馬尾的女孩，背對著這裡，在窗邊畫畫。

她或許知道些什麼，去問問吧。

琪琪好不容易從籬笆的縫隙中鑽進去，穿過盛開著花花草草的庭院，朝那幢房子走去。

琪琪踮起腳尖，向窗戶裡探頭，正準備叫喚那個女孩，發現她好像在畫一隻貓。她恍然大悟的朝畫的前方一看，在那裡的，不就是她遺失的那隻貓布偶嗎？

女孩聽到聲音，回過頭。

「啊，呃，那，那個……」

「啊，咦，那，請問……」

兩個人打了照面，同時叫了起來。

「啊，太好了。」

「啊，真高興。」

兩個人同時嘆了一口氣。

「終於找到了。」

「終於找到了。」

兩個人又異口同聲的說。

「找到什麼？」

「找到什麼？」

兩個人又納悶的互問對方。

「我是說那個黑貓娃娃。」

「我是說妳這個穿黑色裙子的漂亮女生。」

兩個人同時說的話，在中途夾雜在一起，聽起來好像在說：「我是說妳那個黑貓裙子的漂亮女生娃娃。」

琪琪終於平靜下來，明確的問那個女孩：「那隻黑貓娃娃，是不是從天上掉下來的？」

女孩納悶的看著琪琪。

「我不知道它是天上掉下來，還是地裡冒出來的。是我剛才在樹林裡撿到的。我一直在找漂亮的黑色，想畫一幅畫去參展。是黑色中純正的那種黑色，最好是魔女的黑色。這隻黑貓只是臨時找來湊合的。」

女孩突然住了口，看著琪琪手上的掃帚，大叫起來。

「啊，妳該不會是……」

「我就是魔女。」

琪琪點點頭，女孩衝了過來，從窗戶探出身體，抓住琪琪的手。

「太好了，這隻黑貓就給妳吧。妳趕快進來，坐在那張椅子上。我聽說這個城市從來沒有出現過魔女，正想搬家呢。這真是太棒了。沒想到魔女竟然主動上門。來，坐吧，坐吧。」

琪琪差點就被女孩拉了進去，她趕緊搖著手。

「沒問題，只是現在不行。如果妳可以把那個黑貓娃娃還給我，我就會帶真正的黑貓，而且是魔女的黑貓過來。妳可以同時畫我和貓。」

「真的嗎？」

「絕對是真的。」

琪琪點點頭，大聲的回答後，接過黑貓布偶，頭也不回的衝了出去。

「我們就這樣約定囉。」女孩的聲音在身後叫道。

琪琪到達小淘氣的家時，天色已經完全暗了。琪琪躡手躡腳的一一檢查著亮了燈的房間。

啊，看到吉吉了。小淘氣把牠緊緊抱在手上，在床上睡著了。他不僅沒有善待牠，還幾乎把牠揉成了一團。吉吉的臉被壓到背後，被小淘氣的手用力壓著；肚子也快被小淘氣的身體壓扁了。鼻子上貼了一張和小淘氣一樣的ＯＫ繃。

琪琪輕輕的打開窗戶，踮起腳，拉了拉吉吉的尾巴。吉吉一動也不動，已經完全把自己當成了布偶。琪琪一陣鼻酸，再一次深刻體會到，吉吉是自己多麼重要的夥伴。

「吉吉，吉吉。」琪琪小聲的叫著。

吉吉慢慢張開一隻眼睛。琪琪把黑貓布偶放在小淘氣的肚子上，說：「快過來。」

吉吉輕輕的抽身，像球一樣彈跳到琪琪的手中。喉嚨深處發出不知道是哭還是笑的咕嚕咕嚕聲。

「太棒了，終於可以大口呼吸了，也可以自由活動了。」

吉吉和琪琪一起飛向天空，拚命轉動眼睛。

「對了，」琪琪沒有看吉吉，直接說：「不好意思，還要再請你幫個忙。這次不用裝布娃娃了，你可以想笑就笑，想哭就哭。」

「那不是很輕鬆嗎？」

吉吉很通情達理的點頭答應了。

畫家讓琪琪和吉吉坐好後，卻說：「魔女的貓要擺出點架式！把尾巴捲起來，表情要有威嚴。對，對，要憋住氣。這樣就對了，就這樣，不能動喔。」

吉吉很生氣，渾身的毛都豎了起來。
畫家高興的稱讚個不停。
「太棒了，真不愧是魔女的貓。就這樣，要保持不動喔。」
琪琪也一本正經的坐在那裡，但心裡覺得很高興。
這裡又有一個喜歡我的人了。

那天夜晚，琪琪給歐其諾和可琪莉寫了第一封信。

我決定住在名叫克里克的地方，這是一座位在海邊的大城市，雖然覺得有一點太大了，但很適合我想做的工作。我開了一家「魔女宅急便」……

琪琪把至今為止發生的事，鉅細靡遺的寫在信上，唯獨沒有提到她曾經意志消沉的那段時光。最後，那封信是這樣結尾的：

我不想讓那位裁縫小姐幫我改短裙子，但想請她幫吉吉做一塊銀色的坐墊。

下次，我會把吉吉裝模作樣的樣子畫出來寄給你們看。

我在這裡過得很愉快，請不要為我擔心。爸爸、媽媽，你們要多保重。

5 琪琪，遇到大事件

琪琪一打開店門，叫了聲「好刺眼」，忍不住把手放在額頭上。

這是個晴朗的好天氣。

琪琪剛到這裡時，陽光總是緩緩的在天空中嬉戲，再漸漸西沉，和琪琪從小生長的那個綠意盎然的小城市中的陽光，並沒有太大差別。但如今，這座城市的陽光好像朝著目標丟過來的球一樣，猛烈的照在身上。

「海邊的夏天真可怕，讓人喘不過氣來。」

琪琪喃喃自語著，打開胸前的一個鈕釦透透氣，稍微踮起了雙腳。

討厭，根本就看不到，竟然還踮腳，一定是受了媽媽那封信的影響。

在琪琪從小生長的家，只要稍微踮腳，就可以看到東邊草山的山頂。前天收到了媽媽可琪莉的信，信中就提到了那座山。

昨天，媽媽有事出門，回來的時候，順便飛去東邊的草山轉了轉。我想起以前每次叫妳幫忙做事，妳就會繞去那裡，一直不肯回來。那兒的草已經長到膝蓋的高度了。媽媽坐在那裡看著天空。結果妳知道發生了什麼事嗎？我竟然睡著了。草發出陣陣清香，涼風徐徐吹來。也不知道睡了多久，當我醒來後，立刻趕回家裡。爸爸一看到媽媽的臉，就笑了出來，說媽媽和琪琪一模一樣，臉上還有許多草的印子。媽媽也忍不住一起笑了。

琪琪站在火熱的陽光中，回想起熟悉的草山、小城市中的馬路，還有許多許多的往事，頓時湧起滿心的懷念。

「好吧，開始了。」

琪琪重整心情，拿起做生意的工具——掃帚，用軟布開始擦拭起來。這是琪琪開了「魔女宅急便」後，每天早晨必做的工作。

「啊喲，啊喲，真勤快。今天也要工作嗎？」

抱著小嬰兒的索娜太太從隔壁的麵包店走了過來，站在窗前問。

「即使妳這麼努力，今天應該不會有什麼生意上門。整個城市都唱空城計了。不過，那個小巷裡倒是有個小男孩很認真的在掃地……其他的連人影兒都看不到。」

琪琪抬頭看了看路上。這時她才發現，視線所及，只有耀眼的陽光和建築物黑色的陰影。

「今天是星期天，而且是盛夏時分，大家都去海邊了。」

「去海邊做什麼？」

「當然是游泳。妳今天也休息休息，好好放鬆一下吧。」

「天氣這麼熱，還要去游泳？」

「正因為熱，才要去啊。很舒服喔。在這個城市，夏天不去海邊會很痛苦。」

「但我從來沒有游過泳。」

「既然這樣，就更應該去了。我可以借妳泳衣，我年輕時的泳衣剛好是黑色的。魔女不管什麼時候，都必須穿黑色吧？」

「索娜太太，妳不去嗎？」

「有這個小傢伙在，我怎麼走得開？今年只好忍耐一下了。況且，妳去那裡很方便，用掃帚飛一下就到了。」

「我陪妳去，我幫妳看小寶寶。」

琪琪輕輕摸了摸正舒服的躺在索娜太太懷裡的小嬰兒臉蛋。

「沒關係。琪琪，妳來到這個城市後，一直沒機會放鬆一下。現在工作慢慢增加了，妳就難得放個假吧。即使只是躺在沙灘上，也很舒服。妳等我一下，我去拿泳衣給妳。妳可以穿在衣服裡面，到那裡再脫就好了。」

索娜太太急急忙忙走回家裡。

「海邊……嗎？」

琪琪小聲的喃喃自語後，問黑貓吉吉：「要不要去看看？」

怕熱的吉吉像一團融化的奶油，躺在通風良好的樓梯上乘涼，聽到琪琪的聲音，不耐煩的用帶著鼻音的聲音說：「我穿著毛皮大衣，妳要我在這麼熱的天氣出門嗎？太過分了。」

「我們是迎著海風飛，比整天窩在家裡舒服多了。而且，掃帚偶爾也要出去散散心啊。」

「偶爾嗎？」

吉吉不以為然的哼了一聲，慢吞吞的站了起來，用尾巴啪答啪答的拍打身體。這是吉吉要出門時特有的習慣。琪琪面帶微笑的聳聳肩，關上了店裡的窗戶。

琪琪換上了索娜太太拿來的泳衣。她把泳衣拉長，套進身體後，泳衣好像橡膠一樣吸在身上。

「這樣可以嗎？」

琪琪有點不好意思，縮起身體，看著索娜

太太。

「妳穿起來很好看啊。我以前也像妳這麼苗條，好羨慕妳穿得下。」

「好像整個身體都露了出來……好奇怪。」

「很好看呀。去海邊的時候，大家都這樣穿，不用介意。」

索娜太太說著，也拉了拉自己的裙子，露出了她的腿。

「趕快去吧。」

琪琪在泳衣外穿了衣服，一隻手拿著掛了收音機的掃帚，和吉吉一起走出門外，然後，在店門上掛了「本日公休」的牌子。

琪琪和吉吉在一片蔚藍的天空中飛翔。收音機裡傳來優美的音樂，琪琪的身體配合音樂的節奏搖晃著。

「好舒服。」

他們乘著風，在空中忽左忽右的繞著圈子前進。

「會飛真是一件美好的事，難怪索娜太太也想飛。」

琪琪瞇著眼睛看著下方的克里克城。河流兩側的城市，看起來就像大鳥的翅膀，正隨著音樂起舞。

「琪琪，收音機裡好像在說什麼耶。」

吉吉從後方拍了拍琪琪的背。音樂不知道什麼時候已經結束，變成了天氣預報。

「再重複一次特別警報。今天，在克里克地區的海域，將發生俗稱為『海淘氣風』的強陣風。這種風會在盛夏季節突然出現，肆虐各地，所以才有這樣的名字。前往海邊的人要多加注意。」

「妳看，會變天耶。」吉吉說。

「現在天氣這麼好，怎麼可能變天？」

琪琪完全不以為意。

「你看，前面就是海邊了，有那麼多人都光著身體在玩。一定是天氣預報搞錯了。你每當心情好的時候，就會故意往壞處想，這種性格不太好喲。」

「太興奮也未必是好性格。」

吉吉別過頭，氣得豎起了身上的毛。

不久，琪琪就壓低掃帚柄，開始降落。然後，悄悄在沙灘的角落著地。魔女到海邊游泳。就連琪琪自己，也是第一次經歷這種事。所以，她覺得應該盡可能避人耳目。

琪琪看著海邊熱鬧的人潮，每個人都玩得不亦樂乎。有人在沙灘上做沙球丟著玩；有人把身體埋在沙裡，只露出頭來；有人趴在沙灘上做日光浴；有人追逐著海浪；也有人甩著手游泳。原來，海邊可以玩這麼多不同的遊戲。到處都是歡笑的聲音，到處都是歡笑的臉。

一陣大風吹來，大遮陽傘發出啪啦啪啦的聲音，海浪也愈來愈高，正在戲水的人更大聲的歡呼起來。

「我們還是去那裡吧。」

琪琪脫下衣服和鞋子，抱在手上，彎著腰，駝著背，戰戰兢兢的走了過去。這是她第一次光著腳在沙灘上走路，雖然還是上午，但沙灘已經被晒得滾燙，根本無法慢慢走。她只好在沙灘上一跳一跳，嘴裡大聲的嚷嚷著。

吉吉躲在琪琪的影子後面，也跟著一蹦一跳，嘴裡卻不停抱怨。

「妳這樣穿好奇怪，好像放在平底鍋中炒的豆子，真想讓可琪莉夫人見識一下。」

琪琪好不容易走到熱鬧的地方，也學其他人的樣子，在沙灘上稍微挖開一點，趴在沙子上休息，就好像泡澡一樣溫暖，感覺很舒服。許多人的腳走過她的臉旁，每個人都熱中於自己的活動，完全不在意周圍的情況，這讓琪琪鬆了一口氣。

琪琪雙手枕著下巴，眺望著大海。大海不斷翻騰，好像一隻有過動傾向的巨大動物。人們紛紛跳入海中，彷彿跳上這隻大動物的背脊。

「不知道我可不可以下去？」

琪琪這才發現，媽媽可琪莉從來沒教過她任何關於海洋的事。這也是理所當然的，因為可琪莉自己也從來沒有看過大海。

「琪琪，魔女碰到海水，說不定會融化，我勸妳還是不要下去。」

吉吉擔心的看著琪琪的臉。

「怎麼可能？大家都玩得這麼高興，怎麼可能只有魔女不行。我先把腳放下去看看。」

琪琪起身坐在沙灘上。這時，她看到海平面的彼端出現了一片先前沒有的烏雲。

她將視線移到沙灘上，一股小小的旋風打轉著，緩緩離去。

「咦？天氣預報果然說的沒錯。」

但她確認太陽仍然高掛天空後，又羨慕的看著在戲水的人們。

「喂，妳！」附近突然傳來叫聲。

琪琪轉頭望著聲音的方向，發現趴在旁邊的女人正面帶笑容的看著她。那個女人緩緩起身，指了指一旁的掃帚。

「妳帶這個來，打算在海裡玩嗎？還是可以代替救生圈？」

「呵呵呵。」

聽到這麼好笑的話，琪琪忍不住笑了起來。

女人也聳了聳肩膀，笑著繼續說：「聽說這個城市裡來了一個魔女……大家這麼快就模仿起來了。我覺得這樣很好，我因為忙著照顧小孩，已經很久沒有趕流行了。剛才，我還看到一個小男生拿著掃帚呢。」

琪琪急忙把掃帚藏在身後。

「妳看，就是那裡。」

女人轉過頭，順著她手指的方向望去，在一群玩沙的人後方，有一個抱著一小包東西和掃帚的男生正看著他們。

「呃，他應該是清潔工吧。」

「咦？是嗎？那妳也是清潔工嗎？我還以為……」

女人說著，伸長脖子四處張望後，突然大聲喊了起來：「兒子，兒子，不可以去那麼遠，要在媽媽看得到的地方。對，對，你看，現在浪這麼大，就在旁邊玩玩水就好了。」

女人揮著手，一個坐在像澡盆般的橘色救生圈中的小男生，正在看著他們，兩隻腳不停踢著腿。

「小孩子雖然很可愛，但照顧起來很累人。當媽媽的都很辛苦。」

然後，她又突然大聲叫喊：「啊，兒子，不能去水深的地方。對，就坐在那裡，真乖。」

女人笑著轉頭看著琪琪。

「來海邊就會想要輕鬆一下……啊，對了，對啊，妳的貓咪可不可以陪我兒子玩？那隻貓看起來很聰明的樣子，那樣的話，我兒子就不會一個人亂跑了。」

女人伸手討好似的摸著吉吉的背。

「吉吉，過去陪陪小弟弟吧。」

琪琪也戳了戳吉吉的肚子。吉吉慢吞吞的站了起來，暗自嘆了一口氣。

「我可不是什麼貓咪，而是可以獨當一面的貓。怕了吧？」

牠自言自語著，晃著屁股，朝海邊走去。

「真是太聰明了。」

女人瞇著眼睛，看著吉吉走到她兒子的身旁，哼著歌，再度趴在地上。琪琪也學她的樣子，趴在她旁邊。閉上眼睛，更清楚的聽到周圍嘈雜的聲音。鹹鹹的海水味中夾雜著魚和海帶的味道，感覺很好聞。

這時，突然傳來一陣轟隆隆的聲音，吹來一陣和之前不一樣的風，好像從空中掉落般，接著近似慘叫的聲音此起彼落。

風沙吹進了琪琪的眼睛，她眨著眼睛，環顧四周，草帽飛散，游泳圈像車輪一樣滾來滾去。她慌忙站了起來。前一刻還祥和平靜的海灘現在已經完全變了樣，有人抱著孩子，躲進沙灘旁的松樹林中，也有人追趕著被吹走的東西。

「兒子啊——」身旁的女人聲嘶力竭的大叫著，像發瘋似的衝向大海。

琪琪順著她的身影望去，發現坐在橘色救生圈上的小男孩和吉吉隨著巨浪載浮載沉。女人衝進海裡，但吉吉和小男孩坐著的救生圈已經被捲入旋渦，愈離愈遠。還可以聽到小男孩慘烈的哭叫聲。

琪琪也跟著跑了過去，一邊對吉吉大叫：「抓緊了，我馬上就去救你們。」

然後，對著已經站在水裡、不知如何是好的女人說：「妳放心，我會飛，我去救他們。」

旁邊有人說：「對了，這孩子不就是會飛的宅急便女孩嗎？」

「那趕快，趕快去救他們。」

琪琪跑回沙灘，拿起了掃帚，頓時臉色發白。掃帚不知道什麼時候被掉包了！媽媽送給她的那把好用的掃帚，不知道什麼時候變成了和原本有點像又不太像的廉價掃帚。

關鍵時刻竟然發生這種事！難道是有人趁亂掉了包？還是趁自己剛才舒服到閉上眼睛的時候下手？琪琪心裡亂得七上八下。怎麼辦!?

沒時間猶豫了。琪琪急忙跨上掃帚，飛了起來。但才剛起飛，就向前一個踉蹌，掃帚柄的前端碰到了水。

「啊！」

圍觀的人群發出失望的聲音。

琪琪趕忙把柄端向上拉，這一次，掃帚尾又重重的浸入水中。掃帚很快就吸收了水分，變得沉重無比，搖搖晃晃的往沙灘的方向下沉。琪琪拚命改變方向，掃帚時而翻轉，時而往前衝，簡直就像是脫韁的野馬，完全無法控制。這時，小男孩和吉吉已經被海浪愈推愈遠。

琪琪咬著牙在低空飛行，時而碰到海面，時而彈了起來，好不容易來到小男孩的

身旁，立刻整個身體趴在掃帚上，伸出手。小男孩大哭著，根本抓不住他。好不容易才抓到他的泳褲，把他拉了起來。接著，她又抓住吉吉的尾巴，把牠也拉了上來。這時，一個大浪打來，救生圈不停的打著轉，一眨眼的工夫，就被海浪沖走了。

岸邊的人同時跳了起來，發出歡呼聲。

琪琪站在沙灘上，把渾身虛脫的小男孩交還給他的母親，急急忙忙在泳衣外穿上衣服，拿起收音機，抱著心有餘悸的吉吉，又跨上掃帚，再度起飛。

「現在風很大，休息一下再走吧。」

大家紛紛慰留，但琪琪根本無暇休息，她必須立刻找回自己的掃帚。琪琪已經猜到是誰拿走了——一定是剛才瞥見的那個拿掃帚的男孩……這時她才想到，那個男孩一定是想要魔女的掃帚，才故意掉包的。琪琪氣得火冒三丈，心想一定要找他算帳。剛才雖然成功的把小男孩和吉吉救了回來，但想到萬一失敗……那不堪設想的後果，渾身就顫抖不已。一定要逮住他，叫他說一百萬次對不起。

琪琪坐在像野馬般搖晃不已的掃帚上不停飛著，張大眼睛看著下方。

想要魔女掃帚，而且成功偷走的人，首先會去什麼地方……絕對是像懸崖之類的高處。因為，他一定不管三七二十一，都想要飛飛看。

琪琪檢查著海水浴場和克里克城之間的每一座山丘。

「琪琪，在那裡。」

吉吉指著前方。果然不出所料，小山丘上有個穿黑衣服的人正準備起飛。

「琪琪，趕快去阻止他。」

「噓，小聲點。」

琪琪讓掃帚在空中停了下來。

「他一定會受傷。」吉吉又說。

「既然他想飛，就讓他飛飛看吧。這叫自食惡果。誰叫他不打一聲招呼，就偷走別人的東西，太過分了。」琪琪壓住搖晃不已的掃帚，很冷漠的說。

「他真的準備要飛了。」吉吉大叫起來。

山丘上的男孩真的飛了起來，卻立刻一屁股坐在地上，然後像一顆小石頭一樣，從山丘的斜坡滾了下去。

琪琪也飛著追了過去，降落在正在山丘下摸著屁股、渾身發抖的掃帚小偷身旁，大聲的喝斥道：「太可惜了！」

對方驚訝的抬起頭，果然就是剛才那個和琪琪年齡相仿的男孩。他的眼鏡破裂，身上到處都磨破皮，流著血。琪琪忍不住呵呵笑了出來。這個男孩竟然在自己的衣服外面，套了一件和琪琪的衣服相似的黑色洋裝。

「辛苦你了，還模仿了魔女的衣服。」

男孩皺著眉頭站了起來，慌忙脫下洋裝，一下子就羞紅了臉，低下頭。

「你把我害慘了。」

琪琪把掃帚柄在地上用力一敲，故意表現出怒氣沖沖的模樣。其實，看到這個男孩穿著黑色洋裝，拚命摸仿魔女的樣子，琪琪不僅不覺得生氣，反而覺得很好笑。

「你要向我道歉。道歉一百萬次。」

男孩一言不發的向琪琪鞠個躬。然後，退後一步，又鞠了一躬。

「通常這種時候，不是要找一些藉口嗎？你應該不是天生的小偷吧？」

「怎麼可能？當然不是，我是為了研究。」

男孩嘟著嘴，好像在表示抗議。

「什麼研究？」琪琪厲聲問道。

「好啦，我會告訴妳，但妳不要這麼大聲嘛。其實，我和幾個朋友組了一個『飛行俱樂部』，一起研究如何靠自己的力量飛行。現在分成三組，研究不同的課題，相互競爭。其中一組是研究飛天鞋，另一組研究飛天地毯，還有一組研究魔女的飛行掃帚。」

「所以，你是掃帚組的嗎？」

琪琪探頭看著他，男孩不好意思的點點頭。

「我今天去了妳的店附近，剛才聽到麵包店老闆娘和妳的談話……就立刻趕來這裡了。」

「……你想用我的掃帚飛行。這根本是不可能的事。即使有掃帚，你也不可能飛。我會飛，是因為我是魔女，我們身體裡流的血不一樣。」

琪琪用力拍了拍自己的胸膛。

「所以，是妳的血在飛嗎？」

男孩瞪大眼睛，看著琪琪。

「討厭，你怎麼亂說……」

琪琪忍不住笑了起來，但很快又收起笑容，用嚴肅的表情說：「其實，我也不知道到底是什麼在飛。」

琪琪張著嘴，看著天空，然後又笑了起來。

「……應該跟掃帚也有關係吧。我看，你還不如研究什麼方法可以讓魔女飛得更好。這把掃帚也太弱了……」

「這個不行嗎？這是我盡量模仿妳的掃帚做的……」

「我被你害慘了，飛的時候搖搖晃晃的，屁股痛死了，簡直就像騎在木馬上一樣，還是在大庭廣眾之下，好丟臉喔。好了，快把掃帚還給我……」

說著，琪琪左顧右盼的尋找掃帚，突然「啊！」一聲大叫起來。媽媽的舊掃帚竟然折成兩半，掉在地上。

「怎麼辦？怎麼辦？」

琪琪把掃帚撿了起來，忍不住抱在懷裡。

「對不起。」

男孩用力低下頭。

「這是媽媽的舊掃帚……我離家的時候，媽媽送我的……這把掃帚很好用耶。」

琪琪哽咽著說。

「對不起。」

男孩再度小聲的道歉，垂頭喪氣的站在原地。

「算了。」

琪琪好不容易才用沙啞的聲音擠出這句話。無論說什麼，都無法讓掃帚變回原狀。於是她把差點奪眶而出的淚水吞回了肚子。

「我自己動手做一把。以前我也做過，所以，應該不成問題。我之前就沒有打算一輩子用這把掃帚……一定可以解決的。」

「……我花了很多工夫研究怎樣可以飛得更順暢，或許我可以幫妳的忙。」男孩誠惶誠恐的說。

「謝謝你的好意。但這是魔女的工作。」琪琪抬頭挺胸的說。

「看來，會飛也不是一件輕鬆的事。」

「看來，不會飛也很可憐……對吧？」

琪琪終於微微抬起頭，對男孩露出笑臉。

6 琪琪，有點心浮氣躁

在海邊發生意外的第二天，琪琪在城市西郊的森林，找到一根橡樹的樹枝，立刻開始動手做新掃帚。她不想要離家前做的那種細緻精巧的掃帚了，她希望做一把即使在強風中，也可以像魚兒在水中游一樣飛得順暢，而且幹柄結實的掃帚。琪琪苦思了很久，終於決定把折斷的掃帚尾綁在樹枝上。

「媽媽的和我的各一半。」

琪琪自言自語的說著，聳了聳肩。她並不是沒有考慮過做一把全新的掃帚，但又覺得媽媽的掃帚能帶給她安心感，實在不忍心就這樣丟棄。

「沒錯，媽媽的和我的各一半。」

琪琪又自言自語的說了一遍。閉著眼睛坐在一旁的黑貓吉吉聽到她的話，微微張開眼睛，看著那把掃帚，放心的鬆了一口氣。

然而，新做的掃帚飛行狀況並不理想。可能是因為臨時趕製出來的，樹枝還沒有充分乾透，也可能是因為掃帚本身還沒有適應飛翔。

「無論如何，都必須由我自己解決問題。」

雖然每次一騎上掃帚，就覺得暈頭轉向，但琪琪沒有輕言放棄。

媽媽的掃帚太有活力了，尾部就像野馬一樣翹起來。於是，琪琪只能做出像快跌倒……或是像在練倒立……的奇怪姿勢。

這個世界……實在很奇怪。當琪琪渾身冒著冷汗，用怪姿勢飛在空中時，向她打招呼的路人比以前大為增加。

「喂，喂，妳還好吧？」

「最近怎麼了？是不是感冒了？」

「是妳屁股變輕了嗎？」

「掉下來的時候要小心。」

也有人說：「我終於放心了。看妳以前像一道黑光一樣飛過去，總覺得妳像是壞魔女。」

琪琪對此深有體會。

「飛得不好，反而受歡迎，這實在太奇怪了。媽媽應該也會覺得很難理解這是怎麼回事。」

掃帚風波後又過了十多天，一二三—八一八一的電話鈴聲終於響了。琪琪接起電話，聽到幫琪琪和吉吉畫畫那位畫家的聲音。

「好、久、不、見。妳好嗎？託妳的福，我終於畫完了，就是你們的那幅

畫。我聽說妳會幫忙送快遞，所以，可不可以拜託妳，幫我送到展覽的會場？妳也知道，那幅畫有點大，妳幫我想想辦法吧。」

「嗯，當然。」

琪琪說到這裡，不禁倒吸了一口氣。因為她突然感到不安起來。要搬那種大型薄板的東西很困難，如果有風，就更加吃力了。況且，目前掃帚的狀態也不太理想。

琪琪回想起自己剛學會用掃帚飛行的一件事。有一次突然下了雨，她為爸爸送傘時，雨傘被風吹開了，整個掃帚就像風車一樣拚命的打轉。

「妳是這幅畫的主角，當然非拜託妳不可。」

畫家似乎認為琪琪一定會接下這份工作。

「那、那麼，我會想辦法。」琪琪只好這麼回答。

「太好了。明天中午，妳過來拿，拜託囉。到時候，我也想讓妳看一下畫。」畫家很興奮的說。

第二天早晨，風和日麗，萬里無雲，但琪琪反而擔心起來。因為，早晨的天空沒有雲，代表在空中有強風，到中午時，這些風就會向下移動。

這幅畫很重要，我能順利送到目的地嗎？

琪琪突然想起那個飛行俱樂部的男孩說的話，他曾說：「我花了很多工夫研究怎樣可以飛得更順暢。」

琪琪立刻向索娜太太借了電話簿，查到飛行俱樂部的電話號碼，打電話過去。

「請問……那個男生，嗯，就是研究飛天魔女掃帚小組的，那個瘦瘦高高的男生，他在嗎？」

「啊喲，這就傷腦筋了，這裡的男生都瘦瘦高高的。」

「怎麼辦？那，有沒有誰額頭上有傷？我猜，他的傷應該還沒好……」

「哈，哈哈哈，沒錯，還沒好，還沒好。原來妳是說他，他的傷真的還沒好。他叫蜻蜓。他的眼鏡很像蜻蜓吧。啊，他剛好來了，妳等一下。」

「喂，我是蜻蜓。」

電話裡換了一個人的聲音。

「喔，是我，就是上次那個魔女。我叫琪琪。」

「哇噢，妳怎麼知道這裡的電話？上次真的很抱歉，我又做了什麼對不起妳的事嗎？」

「不，別提那件事了。今天，我想請你幫我一個忙。」

接著琪琪問他，有什麼辦法可以在大風中搬一幅很大的畫。

「這個嘛，我想，散步的方式最理想。」蜻蜓毫不猶豫的回答。

「那是什麼？」

「交給我就好了。我想，我可以幫上妳的忙。」

「真是太感謝了。那位畫家的家，就在北方公園樹林的角落，那幢房子好像被樹木淹沒了。你知道那裡嗎？我等一下就會過去。」

「我知道，很像獾洞。」

「對，對。那就麻煩你了。」

琪琪也覺得很像獾洞，他的比喻很有趣，她一邊笑著一邊掛了電話，急忙準備出門。

琪琪和吉吉一降落在公園角落，便看到蜻蜓抱著一個大紙袋跑了過來。

畫家一看到琪琪，高興的從裡面的房間把畫拿了出來。

「啊！」

琪琪忍不住叫了起來，吉吉的喉嚨也同時發出咕嚕咕嚕的聲音。暗色天空的背景，穿著黑色洋裝的魔女和貓好像隨時會飛出來。畫中的黑色好美，又富有光澤，琪琪忍不住看著自己的裙子。

「眼睛畫得不像。」

始終不發一語的蜻蜓，突然在一旁不滿的說。

「哪裡不像了？」

畫家這才注意到蜻蜓，驚訝的問。

「哪裡喔……琪琪的眼睛更圓、更大……」

「是嗎？眼睛畫得大一點比較好嗎？我原本希望可以更加襯托魔女的感覺……」

畫家露出不悅的表情，注視著蜻蜓。

「啊，這位是我的朋友。他來幫我想辦法搬這幅畫。」

琪琪慌忙介紹。蜻蜓沒有繼續說什麼，閉著嘴巴，又看了一眼畫，就開始工作了。他從紙袋裡拿出各種不同顏色的氣球。

「氣球？要用氣球讓這幅畫飛上天嗎？」

畫家嚇得趕忙按住那幅畫。

「不，是讓畫散步。」

蜻蜓的臉上仍然沒有笑容。這時，他從紙袋裡拿出一個小型打氣筒，接二連三的為氣球打氣，分別綁上長長的繩子後，繫在一起，在畫框的部分鎖上一個螺絲環，把氣球繫在螺絲環上。然後，又用一根很粗的繩子繞了幾圈綁好，遮住原本打結的地方。氣球浮了起來，畫也輕輕的飄了起來，但既沒有繼續往上飄，也沒有往下沉，剛好微微飄離地面，計算得十分巧妙。

「關鍵在於裝入氣球的氫氣量和氣球的數量。」

蜻蜓露出驕傲的表情。

「琪琪，妳飛行的時候，要像拉著狗牽繩一樣握住這根粗繩子。快被風吹走時，就要用力拉回來。」蜻蜓對琪琪說。

「啊？牽繩嗎？」

畫家又一臉擔心的看著琪琪。

琪琪看著蜻蜓竟然用自己完全沒想到的方法，輕鬆的克服了難題，不禁欽佩的看著他。

「應該沒問題，這麼一來，畫就變輕了，無論風從哪個方向吹來，畫都可以自由活動。真是個好主意。」

聽琪琪這麼說，蜻蜓第一次高興的露出牙齒，笑了起來。

這的確是個很理想的方法。當琪琪拉著繩子時，畫就乖乖的跟著她走。即使被風吹得飄來飄去，仍然緩緩的往前進。到達美術館前，路上的行人、從窗戶往外看的人、在屋頂晒太陽的人，都同時看到了真正的琪琪和吉吉，以及畫中的琪琪和吉吉。

有人說：「真的是太像了，完全分不出來誰是誰了。」

也有人說：「黑衣服的人和黑貓很難畫得好。」

還有人嘀嘀咕咕的說：「畫得真好，簡直超越了本人。」

總之，這幅畫受到了極大的好評。
後來，美術館內這幅以「世界上最美麗的黑」為題的畫前，永遠都擠滿了人潮。
不用說，那位畫家欣喜若狂。她在琪琪店門口的看板上，畫了漂亮的琪琪和吉吉，算是運畫的謝禮。琪琪的收穫並非僅此而已，因為，整個克里克城從此都知道琪

琪的「魔女宅急便」，也就是達到了吉吉所說的「宣傳」效果。

琪琪的生意愈來愈興隆。生日送花、快遞遺忘的物品、為獨居的奶奶送湯，她還曾經送過醫生忘記的聽診器。大家都很放心的交給她這類工作，但也不乏耍小聰明的人。比如說，有人要求她拿書包到學校，或是傳達別人的壞話，當然，遇到這種情況，琪琪都嚴正的拒絕。

酷熱的夏天已經離去，周圍漸漸出現了秋天的景色。

掃帚也愈飛愈順，琪琪的生活漸漸步入了軌道。

但是，這陣子的琪琪有點悶悶不樂。沒有明確的理由，卻總覺得心浮氣躁。

「一定是因為來到這個城市後，精神太緊張，沒有好好休息的關係。」

琪琪不時這麼安慰自己，然而，琪琪隱隱約約覺得，事情並非如此而已。

用散步方式運送了畫家的畫後，飛行俱樂部的蜻蜓經常來琪琪的店裡玩。當時，蜻蜓不經意說的話，讓琪琪一直很在意。

「琪琪，或許是因為妳會飛的關係，個性很乾脆，和妳在一起，我覺得很輕鬆，好像哥兒們一樣，什麼話都可以告訴妳。」

當時，琪琪還覺得蜻蜓在稱讚自己。但日子一久，開始對「好像哥兒們一樣」這句話耿耿於懷。

「那時候，他還說我的眼睛比畫中的漂亮……現在卻說我個性乾脆……乾脆是什麼意思？這個大城市裡的女孩很特別嗎？……我和她們差很多嗎？」

琪琪總覺得心情亂亂的，無法靜下心來。

今天，她也因為找不到另外一隻拖鞋，正在對吉吉發脾氣。

「這樣很傷腦筋耶。我不介意你拿拖鞋當玩具玩，但是玩好以後，要放回原位嘛。這已經是第幾次了？好幾雙拖鞋都只剩下一隻而已。」

吉吉假裝沒聽到，打了一個大大的呵欠。

這時，電話鈴聲響了，琪琪穿著一隻拖鞋，跳啊跳的穿過房間，接起電話。

「妳好，妳那裡是魔女屋嗎？」

電話裡傳來悠然的聲音。

「呃，是。」

琪琪的心情無法一下子調適過來，含糊其詞的回答著。

「聽說，什麼事都可以找妳幫忙。我想請妳幫我送一下東西。」

「喔。」

「是要妳送餅乾給我姊姊。我姊姊叫野菊。不，我叫紫丁香。已經一把年紀了，還叫紫丁香，真不好意思說出來。呵呵呵呵。」

琪琪聽到不知所云，忍不住乾咳了一下。

「晚一點才要去我姊姊那裡，我家在柳樹街，妳知道那嗎？我在柳樹街盡頭的九十九號。是九九，九十九喔，了解嗎？」

「我知道。我馬上就到。」

對方還沒說完，琪琪就搶先回答，急忙掛上了電話。然後，把穿在腳上的一隻拖鞋用力甩到房間的角落。

她很快就找到了柳樹街九十九號。

琪琪拉了拉懸吊在大門旁的一根繩子，立刻傳來清脆的卡啦卡啦聲，房子的後方傳來「進來這裡吧」的聲音。琪琪沿著房子旁的小路走進去，發現那裡有一扇小木門開著，院子裡，一位捲著袖子的老婦人正在拚命洗衣服。

那裡有幾個大盆子，一個全都裝著白色的衣服，一個裝黑色的，還有藍色的和紅色的。肥皂泡泡在陽光下閃耀著，好像有生命一般不斷冒出來。白色的盆子裡冒出白色的肥皂泡泡，黑色的盆子裡冒出黑色的肥皂泡泡，藍色的盆子裡冒出藍色的肥皂泡泡，紅色的盆子裡冒出紅色的肥皂泡泡。

「請問是紫丁香奶奶嗎？」

琪琪走進那道木門，問道。

老婦人不停的洗著衣服，夾雜著白髮的頭上下起伏著，額頭上冒出豆大的汗珠。

「我是魔女宅急便。」

紫丁香奶奶立刻用圍裙擦擦手，抬頭看著琪琪。

「不是魔女屋嗎？」

「呃……我是專門幫人送快遞的。」

「我聽說是魔女，還以為可以幫人做所有的事。但如果什麼事都可以做，不就搶了我的生意……太好了，只是快遞。我的工作也很稀奇喔，嘿嘿嘿，是湊合湊合屋，是不是和妳很像？不像嗎？」

紫丁香奶奶似乎覺得自己說了有趣的話，竊竊的笑了起來。

「但是……謝謝妳來幫忙。」

紫丁香奶奶把手伸進洗衣盆，繼續洗衣服。

「我姊姊很頑固，說好今天送，就非今天送不可，否則，她就會坐立不安。妳等我一下下，我先洗完這些。搓搓搓。」

紫丁香奶奶很有精神的說著，把肥皂抹在白襯衫上，開始搓洗起來。

「每次要送東西過去就很麻煩，所以，我想跟姊姊一起住，但她說一個人住比較輕鬆。嘿咻，搓搓搓，拉拉拉。可是，她自己連餅乾也不會烤。

「搓搓搓。每星期，我都要送點食

物給她，或是和她見面聊一下天。我們只有兩姊妹。嘿咻，搓搓搓，拉拉拉。現在的衣服，髒了都很難洗。再來一次搓搓搓。對了，今天我特別忙，根本沒空陪她……」

紫丁香奶奶又抬頭看著琪琪，沒有停下洗衣服的手。

「不好意思，讓妳久等了……最近天氣一直不好，積了這麼多衣服要洗。客人都來催了，所以，我要趕快洗好、晾好……搓搓搓，拉拉拉。」

「這些統統要洗嗎？」

琪琪瞪大了眼睛。

「對啊。怎麼了？當然統統要洗。」

「用手洗嗎？」

「對啊。我沒有洗衣機。我是湊合湊合屋，就用手幫人湊合著洗衣服。」

紫丁香奶奶在說話時，雙手像機器一樣不停的動著。琪琪驚訝的看著她動作俐落的樣子。她把衣服放在洗衣板上，抹上肥皂，就開始「搓搓搓」的搓洗，然後「拉拉拉」的用雙手拉開衣服，檢查有沒有洗乾淨。

搓搓搓　拉拉拉
搓搓搓　拉拉拉

中。

紫丁香奶奶配合自己的動作，小聲的伴奏著。在此期間，肥皂泡也不停飛向空中。

不一會兒，白色衣服、黑色衣服、藍色衣服和紅色衣服都洗好了。然後，她用水管放水，又和剛才一樣，搓搓搓、拉拉拉的沖洗衣服。

琪琪在一旁看到出了神，完全忘記自己是來工作的。

終於，擰成麻花狀的衣服像小山一樣堆滿了洗衣盆。白色衣服在最下面，接著是黑色，然後是藍色和紅色。紫丁香奶奶站了起來，雙手扶在腰上，仰望天空，用力深呼吸。

「好了，要來晾衣服了。」

紫丁香奶奶拿來一根麻繩，拉出一端，想了一下。然後，對在一旁抱著掃帚和吉吉的琪琪說：「不好意思，可不可以幫我拉住這根繩子？我要晾衣服，衣服這麼多，要用一根長繩子……」

紫丁香奶奶不等琪琪回答，就把繩子的一端交到她手上。再從那堆衣服中抓出一個紅色緞帶，掛在繩子上。

「從小的晾到大的。」

紫丁香奶奶又好像唱歌似的說道，把小嬰兒的襪子、小嬰兒的裙子、小女生的襯衫晾在繩子上。每次，琪琪都要向後退一步。繩子被衣服的重量壓彎了，鬆垮垮的快垂到地上了。

「啊，快碰到地上了。」琪琪大聲叫了起來。

「糟了，可不可以請妳踮起腳？」

紫丁香奶奶叫著說，接著把一大塊紅色桌布晾在繩子上。

「啊，不行。快、快碰到了。」

琪琪把拉著繩子的手舉到頭頂，咚的跳了一下。

「再往上拉一點。拜託妳，可不可以用掃帚飛到天上？」紫丁香奶奶抬頭問道。

「對，對喔。」

琪琪頻頻點頭，跨上掃帚，飛到屋簷的位置。

紫丁香奶奶又彎下腰，從盆子裡拿出藍色衣服。

「從小的晾到大的。」

媽媽的手帕、小孩的帽子、爸爸的內褲、小女孩的泳衣、爸爸的襯衫、窗簾、水藍色的床單，晾啊晾，終於輪到黑色。

衣服又快碰到地面了，琪琪又飛到屋頂上。紫丁香奶奶擦著汗，不停的晾衣服。爸爸的襪子、小男生的長褲、媽媽的裙子、奶奶的洋裝，晾啊晾，終於輪到白色。

小嬰兒的手套、圍兜、長褲和衣服，晾的衣服愈來愈大。媽媽的睡衣，爸爸的衛生褲，最後是五條床單。

「啊，終於晾好了。」紫丁香奶奶用清脆的聲音說著，把繩子綁在一旁的圍籬上。

「這個要怎麼辦？」在屋頂的遠處，琪琪舉著繩子的另一端，大聲的問。

「啊，真傷腦筋，要怎麼辦？」紫丁香奶奶抬頭一看，驚訝的舉起了雙手。

「對不起，可不可以隨便找個地方，綁在那裡就好。」

「哪有地方可以綁啊？」琪琪大喊著回答。

在天空中，根本沒有什麼可以綁繩子的地方。如果有，就是飛在半空中的琪琪本身了。她一旦放手，這些衣服就要重洗。琪琪無奈的聳了聳肩，用力拉了拉繩子，綁在自己的腰上。

「哇噢，好厲害。我們好像長了一條大尾巴。」

吉吉在掃帚尾上探出身體，看著像旗幟般迎風飄揚的衣服。

「哇，好漂亮，好像運動會的旗幟。趕快飛，趕快飛，加油。」

紫丁香奶奶在下面拍著手，蹦蹦跳跳的。路上的行人也紛紛驚訝的抬起頭。

「是多連風箏，多連風箏*。」

一群小孩子聚集過來。

「開什麼玩笑。」

琪琪撇著嘴。她的嘴角微微上揚，這是她開心時特有的表情。

---

* 多連風箏：將多個風箏連在一起，同時飛上天。

「真是沒辦法，要讓衣服趕快乾。」

琪琪開始飛。在紫丁香奶奶上方遙遠的天空，緩緩的開始打轉。風吹過琪琪的身體，也帶走了她內心的悶悶不樂。

搓搓搓，拉拉拉。

琪琪哼著紫丁香奶奶剛才唱的歌。一整排的衣服也發出聲音為她伴奏。

啪啪啪，啪答答，啪啪啪，啪答答。

初秋的乾爽空氣和太陽很快將飄在空中的衣服吹乾了。啪答答的聲音漸漸變成了啪答啪答的輕快聲音。

「謝——謝——。」

紫丁香奶奶在地面用力拉繩子，把衣服一件一件的收下來。琪琪也漸漸降落。

當白色衣服、黑色衣服、藍色衣服和紅色衣服又在盆子裡堆成了一座小山時，琪琪也終於降落在地面。紫丁香奶奶跑了過來。

「衣服這麼快就乾了，妳真是幫了大忙，太感謝了。」

「奶奶，妳還真是湊合湊合屋，連我也被妳拿來當成晒衣竿湊合著用了。」琪琪笑著說。

紫丁香奶奶聳聳肩，吐了吐舌頭。

「沒錯，就是這樣。這是湊合湊合屋的哲學，只要能湊合著用，就很幸福；湊合不了，就不幸福了。」

紫丁香奶奶又像唱歌似的說道，把洗衣盆端進家裡。琪琪也跟著走了進去，發現屋裡有許多奇奇怪怪的東西。

玄關的門分成上下兩半，可以只伸出上半身，也可以只露出腳。

「我的門壞了，就用兩扇小門湊合著用。」紫丁香奶奶說。

從大門到房間裡，拉了一條很長的繩子，核桃、釘子和湯匙綁在一起後，繫在繩子上。

紫丁香奶奶笑著用手指著，說：「這是湊合的門鈴。妳剛才拉的時候，聲音是不是很好聽？」

琪琪一轉頭，看到黑色的長雨靴裡，插了許多芒草。

「這是湊合的花瓶，很漂亮吧？」

紫丁香奶奶笑了起來，在眼睛周圍擠出許多小皺紋。

「啊，我太高興了……都忘了要請妳送餅乾給姊姊。」

她這才想起正事。紫丁香奶奶不好意思的嘟著嘴，從廚房裡拿出兩個袋子。

「我姊姊家在枯木街的尖頂莊，就是最尖的那幢房子。這其中一袋是送妳的，是我的小小心意。這種餅乾叫小星星餅乾，我做的時候，不小心做得太小了，所以取這個好聽的名字湊合湊合。」

琪琪高興的接過餅乾。

琪琪送餅乾到尖頂莊時，紫丁香奶奶的姊姊氣鼓鼓的說：「喲，她自己不來，還叫別人送來，真是會享受。我要好好訓訓她。」

她的眼睛卻充滿笑意，看著袋子裡的東西。

那天晚上，琪琪的店裡不停傳來歌聲。

這是湊合湊合屋的湊合湊合
只要能湊合著用　就很幸福
湊合不了　就不幸福

琪琪和吉吉在只剩一隻的拖鞋前面唱著這首歌。但他們實在想不出來，到底該怎麼湊合著用。

7 琪琪，窺探別人的祕密

咚咚咚。

有人敲門。正在二樓的琪琪急忙下樓，看到一個女孩站在門口。她有著一頭鬈髮，淡粉紅色的毛衣穿在她身上顯得特別好看。纖細的雙腿穿著一雙及膝的白色馬靴。在琪琪眼中，這個女孩彷彿像天空中的星星般耀眼。

「啊，歡……歡迎光臨。」

琪琪緊張得舌頭都打結了。因為，這是第一次有和自己同年齡的客人上門。

女孩看到琪琪，倒吸了一口氣，垂下雙眼，也說不出話來。

「我，是，呃……」

「需要快遞嗎？」

琪琪終於稍稍冷靜下來。

「我聽說，這裡什麼東西都可以送。是妳送快遞嗎？」女孩露出僵硬的笑容，歪著頭問。

「對，妳放心，我一定會送到。」

「喔。」

女孩點點頭，黑色的眼睛轉了一圈，刻意的緩緩眨了眨眼睛，好像故意在琪琪面前裝模作樣的自我炫耀。

「我想要妳幫我送東西，但是……要保密。」

「保密？」琪琪挑起眉毛問。

「但不是什麼壞事啦。」

女孩努了努下巴，低頭看著琪琪。然後，抬起一隻手，搭在入口的柱子上。她毛衣的領口上，有一枚銀色的細別針。

「我想請妳幫我送禮物給小艾。今天是他的生日。他十四歲了，很棒吧？」

女孩很自豪的說，好像那個男孩的生日是她創造的。

很棒……是什麼很棒？琪琪心浮氣躁的在嘴裡嘀咕著。

女孩繼續說道：「但是，妳不要告訴他是我送的。」

「為什麼？」琪琪用惡作劇的聲音問道。

「不為什麼……我和小艾是青梅竹馬的朋友，他一直覺得我還是個小女孩。但我已經十三歲了……」

「所以要保密嗎？好奇怪。」

女孩抬頭看著琪琪，驕傲的笑了起來。

「這種心情妳不懂嗎？」

琪琪愈來愈不耐煩。

「妳的禮物，該不會是什麼奇奇怪怪惡作劇的東西吧？比方說，一打開，就有一隻青蛙跳出來之類的。那種東西，我才不送呢。」

「呵呵呵，妳真……」女孩含蓄的輕聲笑了起來。「聽說妳是魔女，但怎麼什麼事都不知道。妳以為和妳年紀差不多的女孩，還會玩這種遊戲嗎？」

「什麼……」

琪琪生氣的瞪著她。女孩不以為然的撥了撥長髮，把手伸進裙子的口袋裡。

「我用所有的零用錢買了一對鋼筆，一支自己用，一支要送給小艾。妳看！」

她拿出一支銀色的鋼筆，同時，翻開毛衣的衣領，秀出她插在裡面的另一支鋼筆。剛才琪琪以為是銀色別針，其實是鋼筆的筆套。

「這種對筆叫作貼身筆。現在很流行。」

女孩又神氣的聳了聳肩。

琪琪試圖很輕鬆的回她一句「喔，是嗎？」畢竟對方是客人，只要說一句「我知道了」，再將東西送到目的地就好了。然而，當她一開口，脫口而出的竟然是——

「為什麼要買對筆？那個小艾又不知道是妳送他的。」

「沒錯，但是我知道啊。」

她輕鬆化解了琪琪的諷刺。而且，這個女孩正看著半空，露出陶醉的眼神。

「既然是這麼棒的禮物，妳為什麼不親手送給他？那又沒什麼。」

琪琪緊咬不放。

「因為，我會不好意思啊。」

女孩又緩緩眨了眨眼睛。她不僅沒有不好意思，反而心情特別好。琪琪覺得這個和自己同齡的女孩看起來很成熟，突然內心很受打擊。

「奇怪，有什麼不好意思的。」琪琪又說。

「咦，妳無法理解這種心情嗎？」

女孩微微露出笑容，滿臉同情的看著琪琪。

琪琪不甘示弱，急忙說：「我知道，妳是擔心小艾的反應。他可能會覺得很困擾……對吧？這種事，我怎麼會不知道。」

「我才不擔心。我只是想稍微隱瞞一下，搞一點小神祕。呵呵呵。」

琪琪重新打量女孩。琪琪很驚訝，原來在她漂亮的粉紅色毛衣下面，藏了一顆這麼複雜的心。一般的女孩子都是這樣的嗎……琪琪突然想起蜻蜓說的話。

看來，我真的不像女孩子，只是男生的哥兒們……

女孩又繼續說：「妳不知道嗎？男生都這樣。如果只知道一半，就迫不及待的想知道另一半。所以，我要讓小艾找到我。」

「找到送他禮物的人嗎？」

「對啊。」

「如果他沒有找到妳呢？」

「怎麼可能？絕對不可能。」

女孩看起來自信滿滿。

「好吧。我幫妳送。」

琪琪想結束這番永無止境的談話。

「拜託妳。還有這個……」

女孩從口袋裡拿出一枚黃色的小信封。

「是信嗎？」

「對。裡面是一首詩。」

「詩？就像歌一樣……」

「對啊。我自己寫的詩。妳不知道嗎？送禮物給男生時，一定要寫詩。」

琪琪覺得談話又回到了原點，急忙問：「小艾家的地址呢？」

「就在大河對面的動物園西側，水城街三十八號。但他下午都在附近的操場上打網球。」

「我的名字要保密。我就住在水城街旁的賀屋木街。」

「既然這麼近，妳為什麼不自己送過去？」

「因為……」

「好，我知道，我知道了。」

琪琪慌忙搖了搖手。

「即使妳看到我，也要假裝不認識。啊，對了對了，我要給妳謝禮。」

聽到女孩的話，琪琪猶豫了一下，回答說：「如果方便的話，可不可以告訴我結果？我想知道。」

說著，琪琪內心不禁有點期待，如果小艾根本不想知道是誰送他禮物的話，應該會很好玩。

「妳想知道小艾會不會找到我嗎？妳真好奇。好啊，我可以告訴妳。」女孩又自信滿滿的說。

「既然這樣，就不需要謝禮了。」

「喔，是嗎？」

「因為我……」

琪琪說到一半，女孩一副了然於心的樣子，點頭說：「妳想研究男孩子，對吧？我了解，我了解。」

琪琪皺了皺鼻子，代替了自己的回答。然後，用對方聽不到的聲音，悄悄的「嘖」了一聲。

女孩離開後，琪琪站在鏡子前看著自己。她一下用梳子梳著頭髮，一下把黑色洋裝的領子斜斜的拉到一旁，有時轉身觀察自己的臀部形狀，然後，暗自竊喜的說：「說不定，小艾會以為是我送他禮物，那該怎麼辦？」

吉吉在一旁聽不下去了，翻了個身，說：「真是沒大腦，受不了。」然後，大大的打了一個呵欠。

「那你不想去囉？」

琪琪把鋼筆和信封放進口袋，在口袋外面拍了一下，吉吉懶洋洋的坐了起來。

琪琪和吉吉在店門口起飛了。冷風吹在他們臉上，從天空上方往下看，整座城市都是一片秋天的景色。這座城市常見的銀杏葉，已經染成了金黃色，不時有樹葉飄到琪琪的面前，黏在她的胸前。

「琪琪，妳今天怎麼特別慢？」吉吉在後面大叫。「妳一直在原地繞圈子。」

「喔？是嗎？」

琪琪驚訝的回過神，低頭往下看。其實，從剛才開始，她就一直在想一件事。就是在她的口袋裡，女孩放在信封中的那首詩。

琪琪小時候也曾經寫過一首詩。

鞋子喀喀喀的笑
帽子噗噗噗的笑
我嘻嘻嘻的笑

這是她前前後後寫過的唯一一首詩。琪琪心裡很清楚，信封中的詩絕對不可能這麼幼稚。寫給男生的詩，到底會寫些什麼？她那麼漂亮，又那麼文靜，一定會寫出一些了不起的內容。琪琪幻想著，心情愈來愈無法平靜。她愈告訴自己不能看，就愈覺得信封好像從口袋裡跳了出來，愈變愈大，占據了她的整個視野。

「吉吉，我想在堤防那裡……休息一下。」

「不是才飛了一下下而已？」

「因為，現在是秋天啊。」

琪琪嘀咕了一句根本不算是回答的回答，像老鷹一樣在空中盤旋了一圈，就開始下降，最後降落在河流和堤防之間的公園。

公園裡沒有人影，風一吹，鞦韆獨自搖晃著。對面就是不時翻著白浪的大河。

「吉吉，你可以去附近玩一玩再回來。」

琪琪把掃帚放在不時飄落黃色葉子的銀杏樹旁，自己則在積滿樹葉的樹根旁坐了下來。

「沒關係，我在這裡就好了。好冷，真希望秋天快點結束。」

「吉吉，你喔。」琪琪傷腦筋的笑了笑，又說：「你要不要去散步？你看，堤防上有許多你喜歡的狗尾草。」

「我在這裡礙事嗎？」吉吉很敏感的問。

「對，很礙事。」

琪琪把被風吹亂的頭髮撥到頭頂，開玩笑的重複了一遍。

「你有事瞞著我。」

「對，這樣……不行嗎？」琪琪聳了聳肩。「我又不是要把它弄壞、弄丟或是弄髒，只是稍微看一下而已。好嘛，就看一下。」

「妳在說什麼？我聽不懂。」

吉吉怒氣沖沖的看著琪琪的眼睛。

「吉吉，你不可以生氣喔。我想看看她寫的詩。雖然我知道這樣做不對，但我真的很想讀一讀。我想，這對魔女的修行也不是完全沒幫助。」

琪琪也觀察著吉吉的表情。

「什麼也不是完全沒幫助，不需要說這種繞口令的藉口吧。既然這樣，妳就看啊。是不是那個做作的馬靴女孩？」吉吉很乾脆的點了頭說：「我也想了解一下，妳讀出來聽聽吧。」

「喔，吉吉。」

琪琪快速從口袋裡拿出信封。黃色的信封表面有一束花的浮水印。

「希望可以很輕易打開……」

她拿著信封的角落，輕輕一撥，原本黏住的黏膠「啪」的鬆開了。裡面有一張對摺的信紙，和信封是一套的。上面用帶著弧度的字寫了一首詩。

琪琪小聲的讀了出來。

生日快樂
好想大聲的對你說
但不知為什麼　我不禁往後退
生日快樂
好想望著你的眼睛說

但不知為什麼　我不禁往後退
好想送禮物給你
從我的手　交到你的手上
但不知為什麼　我不禁往後退
明明懷著激動的心　雀躍不已
但不知為什麼　我不禁往後退

「哼，她一直往後退。好像一隻膽小的貓。」

琪琪把信放在膝蓋部位的裙子上，又看了一遍，吉吉說：「真的是她寫的嗎？她那麼充滿自信，感覺不太像耶。」

琪琪歪著頭。

「好了，先放回去，趕快送過去吧。」

琪琪一手拿著信封，正準備裝入那張寫著詩的信紙，突然吹來的風掀起了她的裙子。信紙滑出琪琪的手，飛到半空中。這一切，發生在一眨眼之間。琪琪慌忙跑過去追信紙，好不容易快要抓到，信紙又飄走了，和銀杏葉混在一起在天空中飄來飄去，好像故意和琪琪鬧著玩。琪琪伸長了手，踉蹌了一下，又繼續往前跑。

「掃帚，掃帚。快騎上掃帚，快。」

吉吉慌慌張張的大叫起來。

琪琪跑回來想拿掃帚，不小心絆到草根，差點跌了一跤。

「啊——啊！」吉吉大叫起來。

「啊，掉下去了。」

琪琪站起來時，剛好看到黃色的信紙掉入河裡，在水裡載浮載沉。

「啊、啊、啊。」

她只能驚叫著，兩條腿卻動彈不得。當琪琪好不容易邁開雙腿時，信紙已經被快速的水流沖走，不見蹤影了。

「怎麼辦？」

琪琪茫然的傻在原地。

「這次可不是我搞砸的。」吉吉在她身後說。

「這是上天懲罰我不該偷看別人的信。」

琪琪灰心喪氣。

「算了，與其向她道歉，還不如……」

「妳可以把詩背給他聽……」吉吉努力安慰她。

「這怎麼行？這樣太對不起她的心意了。自己寫的詩從別人嘴裡說出來，換作是我，我也不願意。」

「既然這樣，就用這裡的落葉重寫一張吧？我大概記得詩的內容。」

「……對啊。因為，不能告訴他是誰寫的……」

「沒問題的。」

「……呃，一開始是生日快樂吧？吉吉，你可以幫我嗎？」

琪琪四處看了一下，選了一片較大的銀杏葉，在樹下坐了下來，再從口袋裡拿出禮物的鋼筆，取下筆套，開始寫了起來。

「『生日……』之後是『好想大聲對你說』。」

「對，之後是『腦筋急轉彎　我不禁往後退』。」

「才不是『腦筋急轉彎』，是『但不知為什麼』。下一句是……『好想望著你的眼睛說』……之後又是『我不禁往後退』吧？」

「她老是重複相同的句子，好像寫得不怎麼樣嘛。」

「是嗎……我剛才還覺得挺不錯的……呃……接著，好像是禮物。」

「就是鋼筆吧？」

琪琪看了一眼手上的鋼筆。

「這支筆真的很好寫。然後是『送你和我一樣的銀色鋼筆』……」

吉吉看著半空中思考著，對正在寫的琪琪說：「好像沒有銀色那兩個字。」

「但我已經寫了。本來就是銀色，所以很好啊。接下來是『從我的手　交到你的手上』。這一句很棒，我記得很清楚。然後又是『我不禁往後退』，咦？真的是『我不禁往後退』嗎？有重複這麼多次嗎？」

「不是啦，是『但不知為什麼　想和你躲貓貓』。」

「對喔。之後我就記得很清楚了，『明明懷著激動的心　雀躍不已　但不知為什麼　想和你躲貓貓。』啊，太好了，終於寫好了。」

琪琪「呼」的鬆了一口氣。
「給我看看。」吉吉也伸長了脖子，點頭表示同意，「真的寫得很不錯。」
琪琪和吉吉寫的詩變成了這樣。

生日快樂
好想大聲的對你說
但不知為什麼　我不禁往後退
生日快樂
好想凝望你的眼睛說
但不知為什麼　我不禁往後退
送你和我一樣的　銀色鋼筆
從我的手　交到你的手上
但不知為什麼　想和你躲貓貓
明明懷著激動的心　雀躍不已

琪琪和吉吉飛了起來。他們飛過河流，穿越高樓，當下方終於出現動物園的人潮時，便開始緩緩下降。

琪琪將目光停留在水城街中央的操場上。因為，她看到枯萎的草皮上，一名男孩正對著牆壁揮動網球拍。

「就是他。」

琪琪急忙把掃帚柄往下壓。

「請問你是小艾嗎？生日快樂。」

琪琪在操場一角降落後，走到男孩的面前問。

「啊？我嗎？為什麼？妳怎麼認識我？」

男孩晒得黝黑的臉上，一雙黑眼睛納悶的轉動著。

「今天是你十四歲的生日吧？是某個很了解你的女孩送的。我只是跑腿的。」琪琪故意逗他似的笑著。

「女孩？誰？是哪個女孩？」

「你猜猜是誰？這個女孩就住在這裡。是她有禮物要送你。」

琪琪從口袋裡拿出鋼筆和信封。

「哇噢，好厲害，好漂亮，好像火箭一樣。」

男孩高高舉起鋼筆，在空中轉啊轉，然後，突然別在衣領上，輕輕的拍了拍。

「哇，真的是對筆耶。」

琪琪立刻指著男孩的領口，感嘆的說。

「這封信裡有寫名字嗎？」

男孩想要拆開信封。這時，琪琪不可能不想到裡面的落葉。

「啊，等一下。呃，那個，我想，我要先……」

琪琪語無倫次的說完，慌忙轉身離去。

「喂，到底是誰？告訴我嘛。」

身後傳來男孩的聲音。琪琪頭也不回的搖了搖頭，大聲的叫道：「我保證不說的。」

他果然想知道……

琪琪想起那女孩得意的表情。

三天後，那個女孩像被風吹得起舞般的落葉，衝進了琪琪的店。琪琪因為弄丟了她的信，不由得低下了頭，但她像唱歌般的問：「魔女小姐在嗎？」

然後，用單腳將身體轉了一圈。她的白色馬靴格外耀眼。

「小艾找到我了。他問我，是不是我送他禮物？」

「太好了。」琪琪也忍不住用興奮的聲音回答。

「不過，小艾說了好奇怪的話。他說：『妳怎麼想到用落葉？真是很棒的主意。』還是妳飛行的時候，剛好把哪裡的落葉夾進去了……反正沒關係。他不是憑落葉找到我的，是這支鋼筆。因為，我們都別在這裡。」

女孩指了指領口，得意的笑了起來。

看到她這麼坦誠的表現出內心的喜悅，琪琪緊張的心情消失了，自己也隨著她高興起來。於是，她下決心說出那件事。

「我要向妳坦白一件事……」

這時女孩也同時說：「我也要告訴妳真心話……」

「咦？」

兩個人互看著對方。

「魔女小姐，妳先說吧。」女孩說。

「我做了對不起妳的事。」

琪琪低著頭，把偷看了女孩的詩，信紙被吹走，然後把詩寫在落葉上送給小艾的事，全都一五一十說了出來。

「什麼嘛！」女孩發出失望的叫聲。

「對不起。我好好回想那首詩，才將它寫上去的。妳來店裡的時候，我發現妳和我同年齡，又很漂亮，而且好像什麼都知道……我很想知道像妳這樣的女孩，到底會

在信裡說什麼……我實在忍不住。請妳原諒我。」

「妳也這麼覺得嗎？我也一樣耶。」女孩說。

「其實，我對小艾會不會來找我根本沒自信。我很擔心他聽到我的名字，會毫無興趣的說『噢，是喔』。我來這裡拜託妳時，覺得妳雖然和我年紀差不多，卻很成熟。於是，我就不想輸給妳。對不起……看來，魔女小姐和我的想法差不多。我們很合得來嘛。」

女孩和之前一樣，用漂亮的姿勢眨了眨眼，露出了笑容。琪琪也笑臉以對，然後，用比較嚴肅的聲音說：「別叫我『魔女小姐』，我叫琪琪。以後就叫我琪琪吧。」

「我是個很普通的女孩，名字叫蜜蜜。以後就叫我蜜蜜吧。」女孩學著琪琪的口吻說道。

8 琪琪，解決了船長的煩惱

秋天已經過了一半，每天都吹著冷冽的風。染成褐色的行道樹枯葉，早就被吹得一乾二淨，從琪琪店裡的窗戶所看到的克里克城變得白白乾乾的。

不知道是否因為在撞到水泥建築的房角後，又被彈回另一個房角的關係，街上的風像刀子一樣銳利，有時候突然停下來，不一會兒，又突然再度吹起。每次都吹得琪琪的簡陋小店微微搖晃，發出輕輕的哀號。

老家那裡，不知道是不是已經下了第一場雪……

琪琪聽著風的聲音，想起了家鄉初冬的情景。天氣會在某一天突然寒冷起來，從窗戶望出去，北邊森林後方的群山白茫茫的，好像蓋上了一塊蕾絲手帕。白雪漸漸向下延伸，不知不覺，整座城市都被籠罩在一片白色之中。在那個城市，不是從風的聲音，而是雪的白色通知了冬天的來臨。對了，琪琪學會用掃帚飛之後的第一個冬天，有一天，當她和媽媽可琪莉一起出門時，媽媽對她說：「這裡那裡，到處都是白茫茫的，而且，有時候陽光很刺眼，飛的時候要小心喔。」還教會她怎麼分辨房子屋頂的形狀，「那個像饅頭一樣的是觀火望樓的屋頂，像樓梯一樣的是圖書館的屋頂，四方形的是體育館的屋頂。」

「魔女應該不怕冷。但這個城市冷得有點受不了。」

琪琪坐在店門口前，拉著衣袖喃喃自語道。

「因為妳太閒了，根本沒有活動身體。」

吉吉狡猾的坐在琪琪的裙子上，把身體縮成一團。

最近，琪琪的工作少了很多。是不是因為天冷，人就不再關心別人？還是盡可能不想做事？

這種時候，真想裹著毛毯，喝一杯熱熱的飲料，對，最好是番紅花茶，然後，和媽媽聊天。

琪琪回想起那種黃色混濁的茶味，特別思念媽媽。

「不知道什麼時候可以種番紅花？」

琪琪自言自語的嘟囔著。開始為沒有向媽媽學習種藥草感到懊惱不已。

做辣椒敷布的時候，到底是要煮的，還是用炒的？媽媽說，肚子痛的時候，可以在蔬菜湯裡加一種藥草，到底是什麼藥草？

琪琪不斷回想著可琪莉曾經做的事，但完全無法正確記起任何一件事。

為什麼以前老是嫌媽媽囉嗦？現在想起來，真覺得不可思議。

琪琪撇著嘴，垂下眼睛。

一陣強風吹來。回頭一看，原來是門被打開一條細縫，露出四個慌張的眼睛。接著，傳來說話的聲音。

「聽說，天冷的時候，魔女貓的眼睛會變成像手電筒般的藍綠色……根本是騙人的，這隻貓一點都沒變嘛。」

「在哪裡，在哪裡？哇，真的耶。會不會嘴巴一張開就噴火？鄰居的哥哥說，魔女貓可以當火柴用。再看清楚一點。」

吉吉和琪琪互看一眼，故意對著門外瞪大眼睛，接著，張大嘴巴，「哈」的吐了一口氣。

「啊？」的一聲，門一下子就關上了。

「你剛才有沒有看到？」

「有。但沒有變成火柴。」

「也沒有變成手電筒。」

「完全沒有發光。」

「根本就是普通的黑貓嘛。」

腳步聲輕輕的跑遠了。

「普通的黑貓又怎麼樣？附近的小孩常常跑來偷看，好討厭。」

吉吉埋怨著，又蜷縮在琪琪的裙子上。

「樹大招風嘛，辛苦你了。」

琪琪眨著眼睛，調侃著吉吉。

「我看你乾脆打扮一下，把身上的毛染成紅色或是戴太陽眼鏡。」

吉吉狠狠的瞥了琪琪一眼，不再表示任何意見。

不一會兒，電話鈴聲響了。

「有工作上門嗎？真難得。」

琪琪接起電話，電話裡傳來極其緩慢的說話聲。

「請問……是不是……魔女……宅急便？我……有事……想要……拜託……妳。我……是……老奶奶。啊，等……一下，我……夾在……脖子上……的電話……快掉了。我……現在……下……忙著……打毛線，兩隻手……都……沒空。我……是……老奶奶，就住在……核桃街……二三得……四號。請妳……過來……一趟。」

「好，遵……命。」琪琪也學老奶奶緩慢的說話。

琪琪和吉吉立刻出發，核桃街二三得四號，位在大河支流的小河河畔，就是刷成水藍色小型碼頭旁的小房子。走進去一看，一個身材矮小的老奶奶正端坐在椅子上打毛線。

「嗯……等我……一下下。這件……肚圍……很快就……織好了。」

所以，老奶奶說話才這麼慢。她嘴巴活動的速度完全配合手上的編織針。

「我……馬　上……就　好　了，　犬子……卻……走了，說他……才不要這種……東西，說……很蠢。那孩子……還是……叛逆期。啊……啊，終於，完……成了。」

老奶奶用剪刀剪斷毛線，活動著脖子和肩膀。

「啊，好累。」

這時，她看著琪琪的眼睛，終於回到普通的速度說話了。

「對了，宅急便小姐，妳的肚子有沒有問題？」

「沒問題，我剛吃過飯，不會餓。」
琪琪踮起腳跟，很有精神的抬頭挺胸。
「不是，我是問妳會不會肚子痛。」
「完全不會。我的肚子很健康，去再遠的地方也沒問題。」
「健康的時候，更要多注意，絕對不能讓肚子著涼，要隨時注意保暖。一定要多注意。因為，肚子是宇宙的中心，最好的方法，就是用肚圍。而且，要用各種不同顏色的毛線，打很多結，真的很保暖。妳覺得呢？」
老奶奶獨自心滿意足的點點頭，將視線移向坐在琪琪腳邊的吉吉。
「咦，你覺得呢？」
吉吉沒有回答，在喉嚨深處發出咕嚕咕嚕的聲音。
「啊喲，不好了。這個聲音就是肚子著涼的聲音。我來找找，有沒有適合你用的肚圍。」
老奶奶環視四周，房間裡所有的東西，電話、咖啡杯、茶壺、藥瓶、水壺、熱水瓶、茶葉罐、雨靴、花盆和拐杖，竟然都包上了毛線的肚圍。

「啊，對了，這個可以。」

老奶奶從椅子上站了起來，拆下了熱水瓶上的肚圍。

「魔法瓶*和魔法貓，而且，這個肚圍正面是小圓點，背面是條紋圖案，這個魔法肚圍，和你真是絕配啊。」

老奶奶高興的笑了起來，嘴角擠出一堆皺紋，把肚圍套在吉吉的肚子上。這個肚圍是用深桃紅色和淺桃紅色的毛線編織的，表面像是鮮花盛開的紅豆田，背面像是春天的朝霞。

「哇，好漂亮。」琪琪不由自主的歡呼起來，然後對吉吉說：「和你的黑毛很配。」

吉吉似乎並不喜歡。牠豎起尾巴，掉轉頭走去一旁。

「我也會幫妳織一個肚圍。不好意思，我沒辦法付很多錢作為快遞的費用，如果可以用兩個肚圍作為謝禮，我會很感激……」老奶奶滿臉歉意的說。

「當然可以啊。」

琪琪笑著點頭，老奶奶也笑了，又繼續說道：「只要穿上肚圍就安心了，這是最澈底、最便宜的健康之道。上次，我還向市長建議。我叫他用肚圍把肚臍遮起來，不然，給那些肚臍歪歪的人看到就不好了。妳有沒有聽說，去年冬天，動物園的動物集體著涼，搞壞了肚子。我早就建議動物園的動物要用肚圍。動物園的園長，和犬子一樣不聽話……今年，不管別人說什麼，我都打算織很多肚圍送過去。」

老奶奶說話時，巴掌大的臉上冒出了汗珠。

「我終於知道了，我等一下要把肚圍送去給動物園的大象，對吧？」

琪琪指著老奶奶剛織好的藍色和白色條紋、就像藍天和白雲的肚圍說。她從剛才就覺得這個肚圍未免太大了。

「不是，這是給犬子的。那孩子是蒸氣船的船長，今天，要把很重要的東西運到克里克灣的咔里咔半島，所以，他一大早就出門了。他們要運送裝在得用兩個手才能

＊　熱水瓶在日文中稱「魔法瓶」。

抱起來的大瓶子高級葡萄酒，如果不輕輕的搬，味道就會『嘩』的變差。味道會發出『嘩』的聲音嗎？我從來沒聽過。」

老奶奶噘著嘴，又繼續說道：「吽里吽半島有兩座山，他們覺得船不會像汽車搖晃得那麼厲害，但海浪可不止兩個，沒問題嗎？」

老奶奶停頓了一下，不等琪琪回答，又繼續說：「所以，我才要拜託妳。犬子開的是白色桃桃號蒸汽船。最近，那艘船和我一樣，上了年紀，不再像以前那麼有精神的噗、噗叫，而是像打呵欠一樣，發出噗卡、噗卡的聲音，冒著黑煙……我請妳把這個肚圍送過去，讓船可以完成它的使命。我已經告訴犬子了……妳只要沿著河找就好了，一定很快就可以找到。犬子真是不聽話，給我添麻煩。」

老奶奶聳了聳肩，嘆了口氣。

琪琪雖然接過那個大肚圍，卻歪著頭感到納悶。

這位老奶奶這麼瘦小，她兒子到底有多胖……

老奶奶又接著說：「如果犬子仍然抱怨個不停，妳就幫它穿上，如果太大，可以稍微摺起來一點；太小的話，稍微拉一拉……沒關係的。」

琪琪仍然搞不清楚狀況，但笑著說：「是，我了解了。」

琪琪把巨大的肚圍像斗篷一樣披在肩上，飛向天空。

「這個點子不錯，真的很溫暖。」吉吉在後面嘟囔著。

「我本來就渾身是毛了，再穿上毛線肚圍簡直變成了『羊毛貓』。但又不好意思違抗老奶奶……」

雖然嘴上這麼說，吉吉似乎並不討厭這個顏色漂亮的肚圍。

「你穿起來很好看。」琪琪說。

「這是不是符合妳說的『打扮一下』？」

吉吉反擊了琪琪剛才的調侃。

河流匯入大海的地方就是港口。岸邊停了兩艘大型客輪，另一艘正被牽引船拖著，準備停靠在岸邊。周圍有無數小船，正用汽笛咻咻咻的打著信號。左側前方的哞里哞半島，好像女人的嘴唇。從高空往下看，一切都以慢動作進行著，讓人不由得著急起來。琪琪不時停在半空中，尋找有沒有寫著桃桃號的船。當確認入港船隻中沒有它的身影，便來到海上。一陣強風突然從下面吹來，船的數量一下子減少了，散在四面八方。遠處隱約看到一艘蒸汽船，彷彿是藍色的大海上飄浮的白色小花瓣。飛過去一看，發現正如老奶奶說的，煙囪冒著黑煙，發出噗卡、噗卡的聲音。船身的油漆雖然快剝落了，但仍然可以勉強看到「桃桃號」幾個字。

琪琪在空中叫著：「桃桃號，船長先生，有快遞。」

甲板上，好幾個正抱著大瓶子的船員驚訝的抬起頭。

「我是魔女宅急便。可以下來嗎？」

「請，請下來吧。」

船長從操舵室裡探出頭，向琪琪揮揮手，接著突然小聲的說：「妳要輕輕下來，不要驚動船上的貨物。」

「咦，貨物不是酒，而是動物嗎？」琪琪也小聲的說著，輕輕降落在甲板上。

船員們紛紛圍了上來，驚訝的看著這個從空中出現的女孩子。但琪琪比他們更驚訝。原來以為只有船長大腹便便，沒想到所有的船員都挺著一個大肚子，個個都像有錢的美食家。這艘船竟然沒有沉掉。琪琪好不容易才憋住笑。

「船長先生，你母親請我送東西給你，是好暖和的肚圍。」

「喔，我老媽真死纏不放——」

船長發出不耐煩的聲音，船員們也都面面相覷，小聲的說著「真傷腦筋」。

「但是，船長，即使要給你穿，也好像太大、太鬆了。雖然老奶奶說，可以摺起來一點，但……」

琪琪打開肚圍，藍白相間的顏色在海上顯得更美了。

「開玩笑，那不是給我用的。這是船上煙囪的肚圍。這艘蒸汽船最近的狀況不太好，經常發出噗卡、噗卡的聲音。我老媽說，是煙囪的肚子著涼了……真是受不了她。」

「啊？是煙囪的肚圍嗎？」

琪琪張大嘴巴，仰頭看著船的煙囪。原來是這樣，如果是煙囪的肚圍，大小就差不多了。

船長誇張的皺著眉頭。

「我老媽，得把世界上所有的東西都穿上肚圍，她才甘心。真是敗給她了。妳看，我不得不聽她的話，穿成這個樣子。」

船長打開原本就已經即將綳開的上衣鈕釦，下面層層疊疊的穿了好幾件肚圍，鮮豔的顏色織成了旋渦般的圖紋。

「我們也是，根本就沒辦法工作。」

一旁的船員們也都紛紛翻起上衣，只見一層一層的肚圍。原本以為他們是美食家的鮪魚肚，其實是肚圍肚。琪琪笑彎了腰。

「呃……船長，這位是……」一名船員戰戰兢兢的開口問道。

「是不是大家口耳相傳的魔女宅急便？」

「對。」

琪琪點點頭。

「那可不可以拜託妳一件事？聽大家說，任何東西妳都可以送。如果可以把這艘船送到……天空中，應該就不會再遇到難以對付的海浪。」

「啊，你說什麼？」

琪琪嚇了一大跳。

「船嗎？怎麼可能？為什麼？」

「因為這些貨物的關係。」船長說：「這些都是上等的葡萄酒，必須輕輕搬動……但畢竟要送到那麼遠的地方，當初不該放在甲板上。瓶子和瓶子之間會相互碰撞，這樣的話，會影響口感。所以，只好出動所有人，拚命扶著這些瓶子，大家都累壞了……」

聽船長這麼說，琪琪才發現甲板上的瓶子發出相互碰撞的叮咚、叮咚聲，葡萄酒表面浮起了許多小氣泡。

「為什麼不讓酒瓶之間保持距離呢？」

「那樣的話，酒瓶就會滾來滾去。看來，讓整艘船飛起來還是有困難吧。」

琪琪傷腦筋的轉動著眼珠子。琪琪店裡的招牌上寫著：無論任何東西，都可以快遞的方式送到您指定的府上。一言既出，當然不能毀約。雖然這艘蒸汽船好像在打呵欠，但船還是船，當然不可能帶去天上飛。

「只要……不讓酒瓶和酒瓶撞到就好了嗎？」

琪琪看了看大家的大肚子，又看了看同樣大腹便便的酒瓶。

「對，沒錯。雖然很簡單，在船上卻很不容易。」

「我有個好主意，可以一下子解決兩個煩惱。」

「什，什麼好主意？」

船長和船員們都伸長了脖子。

「但是，你非遵守媽媽的叮嚀不可嗎？」

琪琪凝視著船長。

「那就讓我老媽睜一隻眼，閉一隻眼好了。」

船長終於笑著聳了聳肩。

「那就好辦了……」

琪琪大聲的說：「請大家把肚圍拿下來，裝在葡萄酒瓶上。這麼一來，大家的肚子都瘦了，很容易工作，酒瓶也不會撞來撞去了，更不會影響葡萄酒的口感。」

「喔，原來……是這樣。」

船長立刻脫下自己的肚圍，從腳下拉了出來。他的肚子慢慢消了下去。船員們也爭先恐後的脫下了肚圍。甲板上立刻堆起了五彩繽紛的肚圍，一旁是身材健美的船員。

接著，大家小心翼翼的把肚圍套在葡萄酒瓶上。一轉眼的工夫，酒瓶就穿上了五顏六色的肚圍，像有錢美食家的肚子一樣鼓了起來，在甲板上排排站好，再也沒有叮咚、叮咚碰撞的聲音了。

「真是個好辦法。」

大家鬆了一口氣的點頭稱是。

「那，我就先告辭了……」琪琪和吉吉一起騎上掃帚，對船長說：「啊，我忘了，這是煙囪的肚圍。對了，不妨遵守一下老奶奶的叮嚀，讓煙囪穿上吧！」

「喔，好啊。」

船長勉強答應了，臉上露出鬆了一口氣的表情，船員也紛紛點頭。然後，大家齊心協力，為煙囪穿上了藍白相間的肚圍。

「好，這次我真的要告辭了。」

琪琪揮著手，飛到空中，將掃帚柄朝向克里克城的方向。身後傳來船的聲音。或許是心理作用吧，原本噗卡、噗卡的聲音好像變成了噗、噗、噗的聲音。

第二天，琪琪看報紙時嚇了一跳。報紙上寫著：桃桃號船員集體著涼導致腹痛。下面還有一篇報導：「哞里哞半島的一家酒店推出了套有漂亮毛線腰帶的葡萄酒，無論口感，還是外形，都值得一看，但價格稍微貴了一點。」

一星期過去了。吉吉仍然沒有脫下老奶奶送牠的肚圍。不僅如此，牠還常常用尾巴拍啊拍，隨時保持清潔。因為，當吉吉走在街上時，曾經聽到有人說：「哇噢，魔女的貓果然不同凡響，牠一定是在保護魔法。」

又過了一個星期，老奶奶

通知琪琪，她的肚圍織好了。琪琪上門時，老奶奶拿出一個好像水果糖罐般五彩的肚圍。

「妳總是穿黑衣服，所以，至少肚圍要鮮豔一點。」

於是，琪琪拜託老奶奶：「老奶奶，請妳教我怎麼織毛線。我想學習很多事。」

「好，當然沒問題。妳要織什麼？」

老奶奶瞇起眼睛，看著琪琪。

「我要織爸爸和媽媽的……」

「當然是肚圍吧。很好，很好。」

9 琪琪，為大家帶來新年

還有四個小時，克里克城的一年就要結束了。終於到了除夕夜。家家戶戶都已經完成了迎接新年的準備。窗戶擦得一塵不染，街道上充滿了柔和的橘色燈光。

琪琪內心一陣心酸。在家裡，每到除夕，爸爸、媽媽、琪琪，還有黑貓吉吉就會圍坐在一起，回顧共同生活的幸福。但在今年，只能和吉吉一起度過。因為，魔女在修行之旅的第一年，不能回家探親。

還剩下四個多月，一定要維持好心情。要克制，要忍耐。

琪琪調整心情，開始製作肉丸子。肉丸子像蘋果一樣大。她回想著以前媽媽做的方法，把夏天水煮後保存下來的番茄和肉丸子一起燉煮。

在琪琪出生的城市，除夕夜的晚餐都要吃番茄燉煮的大肉丸子。一家人吃著肉丸子，談論一年之內發生的事，當鐘敲響十二點時，大家都迫不及待的抱住身邊的人，相互答謝：「這一年，真的好幸福」。

「吉吉，」琪琪在鍋子裡放進鹽和胡椒，說道：「今年只有你和我兩個，等一下我們一起吃肉丸子，十二點的時候，要像以前一樣，互相感謝喲。」

「噢，嗯，好啊。總算順利度過了一年。回想起來，今年也不算太壞。」

吉吉伸直前腿，伸展著身體。

明明是除夕夜，感覺卻很不尋常。

琪琪一邊試湯的味道，一邊納悶的想道。街道上，比平時的夜晚熱鬧，好像有很多人聚集在一起。

現在這種時候，熱鬧的不應該是街上，而是家裡的飯桌吧！

這時，聽到一個聲音。「有人在家嗎？」

店門打開了，索娜太太抱著孩子走了進來。那個孩子長大了許多，兩隻小腳拚命踢。索娜太太一看到琪琪，就像唱歌般的說：「豎起耳朵吧。」

她說話的樣子很刻意，有好一會兒，琪琪傻傻的看著索娜太太。然後，納悶的問：「為什麼？」

這一次，輪到索娜太太納悶的注視著琪琪。

「啊，對了！」

索娜太太懊惱的搖了搖頭。

「妳還不知道這個城市在除夕夜相互問候的習俗吧？對不起，對不起。我忘了告訴妳。妳看看那個時鐘。」

索娜太太指著窗外遠處若隱若現的鐘塔。

「雖然不知道市公所那個高高的鐘塔是誰建造的，但每次想看時間，幾乎都被雲遮住了，根本看不到。即使沒有雲，鐘塔也實在太高，還沒有看清楚到底是幾點脖子就痠了……但是，每年只有一次，它發揮了很重要的作用。那就是每年的除夕。那個大時鐘會在除夕夜十二點敲響。噹、噹、噹的敲十二下。於是，所有人都會一起跑馬拉松。從市公所前開始，繞行整座城市一圈……也就是跑步迎接新年。自從鐘塔建成以來，每年都會舉行，從來沒有間斷過，也是這裡的一件大事。為了避免漏聽時鐘敲響的聲音，不知不覺中，『豎起耳朵吧』就成為這一天大家相互問候的話。」

「所以外面才會這麼吵嗎？」

「對，當然囉。性急的人早就出門了，大家互打招呼，等待著這一刻呢。」

「喔，原來是這樣。我也可以參加嗎？」琪琪探出身體問。

「當然，但不可以用飛的。」

「我知道，我才不會這麼奸詐。」

「我會背著這個孩子，和我老公一起跑。那就待會兒見囉。」

麵包店的索娜太太離開後，琪琪立刻拉起裙子，開始練習跑步。吉吉也一臉嚴肅的輪流甩著每一條腿，開始做暖身操。

兩個多小時後，克里克城的年輕市長終於結束了必須在今年內完成的工作，在書桌前伸了一個懶腰。在今年年初的選舉中勝出擔任市長後，所有工作都一帆風順，市民對他的評價也十分良好，認為他是年輕有為的市長。在為一年畫上句點的今夜，市長的精神特別振奮。他將在富有悠久歷史的除夕馬拉松中打頭陣，他下定決心，必須在市民面前展現實力，進一步贏得廣大市民的信賴。

市長隨著「一、二、一、二」的節奏，將手舉到頭上，雙腳也練習著踏步。然後打開窗戶，俯瞰整座城市，聽到人們都大聲呼喊著除夕夜的問候語。

「豎起耳朵吧！」

就在這時，市長嚇了一跳，扶著窗戶的手差點滑了下來。市長辦公室位在市公所的最高處，只要打開窗戶，無論天空飄著雲，還是下著雨，都可以隱約聽到頭頂上鐘塔的聲音。此刻，鐘塔發出的不是平時有規律的聲音，而是「可滴、阿滴、波滴」這種像打鼾一樣的聲音。市長慌忙把身體探出窗外，仰頭看著時鐘。這時，時鐘隨著卡、卡、卡的輕聲呻吟後，竟然停止不動，似乎對已經通報市長這件事感到安心了。十點三十六分。距離時鐘一年一度發揮重要功能的十二點，只剩下一小時又二十四分了。

市長衝到電話旁，找到世世代代都負責維修時鐘的那間鐘錶行。

「鐘塔的時鐘停了，火速趕來修理，絕對不能驚動市民。」

市長放下電話，自己也急忙衝上了鐘塔。從建造至今，時鐘從來不曾故障，所以，每年都精確無誤的開始進行除夕馬拉松，是這個城市的市民引以為傲的傳統。然而，偏偏在自己當上市長的這一年，發生了故障……搞不好，會在這個城市的歷史留下紀錄。這將是極大的醜聞。年輕有為的市長絕對無法容忍這種情況發生。

過了一會兒，鐘錶行老闆扛著一個大工具袋，爬上二千三百五十八階樓梯，來到鐘塔上。這家鐘錶行從很久很久以前……五代之前開始，就認真盡責的維修這個大時鐘。由於他們的盡心盡力，大時鐘從來不曾停擺過。沒想到……該不會是為了迎接今晚的除夕夜，在一星期前做最後的調整工作時，造成了疏失嗎？鐘錶行老闆的心情就像時鐘運作時那樣敲得七上八下。

臉色鐵青的鐘錶行老闆二話不說，就開始動手修理。他用小型榔頭敲敲那裡的螺絲、這裡的齒輪，很快就鬆了一口氣。

「啊，我知道，是最大的齒輪出了問題。這很簡單，簡單透了，只要換一個齒輪就好了，三分鐘就可以搞定。」

「真的嗎？」

市長在「一、二、一、二」踏步的同時，仍然忍不住擔心的問：「已經延誤的時間也可以修正回來嗎？」

「對。只要換上新的齒輪，一下子就完成了。」

「十二點可以準時敲響嗎？」

「當然沒問題。」

鐘錶行老闆自信滿滿的說，剛才的擔心早已煙消雲散了。他輕聲哼著歌，在工具袋裡翻找著。頓時他的臉又變得慘白，雙手開始發抖。

「但、但是……我沒有……替換的齒輪。」

「什、什麼？那趕快去拿！」

市長的臉也變得鐵青，用顫抖的聲音說。

「但是……我的店裡也、也沒有。要向廠商訂貨。」

「那還等什麼，動作快啊。」

「訂貨後，要五十三天……後才會收到貨。」

市長踉踉蹌蹌的往後退，發出痛苦的慘叫，然後，終於問：「其他地方有沒有？」

「啊，啊，有是有。但是……很不容易拿到……」

「你趕快說。」

「就、就在越過西方三座山的那個城市，聽說那裡的時鐘和我們這裡的相同。只要向他們借一下齒輪……」

「向他們借？」

「對，也就是偷偷的……」

「你的意思是偷嗎？」

「是，但是……」

「但是什麼？」

「沒有人去偷？」

「你在說什麼，當然是你去囉。」

「什麼？喔，是。但是，時間……啊，對了，只要開警車去，或許……」

「笨蛋。你要去偷東西，怎麼可以坐警方的車？有沒有其他方法？」

「呃，啊，對了。有，有辦法了。可以找現在很受歡迎的……」

鈴鈴鈴，鈴鈴鈴鈴——

琪琪店裡的電話響了。吃完好吃的肉丸子晚餐，正在練習跑步、準備參加馬拉松的琪琪，一拿起電話，就微微鞠了一躬，像唱歌般的說：「豎起耳朵吧！」

頓時，電話裡傳來激動的聲音。

「別管耳朵了，我是這裡的市長，聽說妳幫人送快遞，但可不可以請妳去取貨？」

「請你不要這麼激動，我既然是快遞，不管是把東西從這裡送到那裡，還是從那裡送回來這裡都沒問題。」琪琪毫不示弱的說。

「那就太好了。好，那麼，可不可以請妳馬上到鐘塔上來？」

市長的語氣稍微溫和了一些。

琪琪帶著吉吉出發了，嘴裡卻嘀嘀咕咕的。今天晚上，她不想在天上飛，而是想在地上跑。往下一看，市公所前面，已經聚集了很多人，都在等待十二點的到來。

「我廢話不多說了。」琪琪一到鐘塔，市長就急急忙忙的說：「實不相瞞，時鐘裡一個最大的齒輪壞了……妳可不可以向……越過西方三座山的那個城市的……失禮一下……嗯哼嗯哼……用最快的速度……吶吶吶。」

「什麼失禮一下？」

琪琪瞪大了眼睛，市長頓時低著頭，小聲的說：「就是在時鐘十二點敲響的時候，悄悄的向他們借一下……就這樣……」

「是要我去偷嗎？」

「噓！這麼說太難聽了，怎麼可以說這種話。只是向他們借一下，之後就會還回去了。」

「如果是這樣，只要敲響鐘不就好了，反正鐘塔這麼高，別人根本看不到。」

這時，鐘錶行老闆滿臉歉意的說：「如果分針和時鐘沒有在十二點的位置上，這個時鐘就不可能響。真是傷腦筋……對吧？」

「那就在十二點的時候，由市長先生拍一下手，說『預備，開始』，這樣不行嗎？」

「不行。」

市長用力搖著頭。

「多年來的傳統，絕對不可以輕易改變。這麼一來，或許有人剛起跑，腳就會扭到，或是身上出現蕁麻疹。拜託妳，可不可以請妳跑一趟，已經沒有時間了。」

市長的臉一陣紅，一陣白，連眉毛都彎了八字形，哭喪著臉看著琪琪。

真是拿他沒辦法。

琪琪閉上了嘴，沒有回答，就起飛出發了。

穿越整齊排列在克里克城西方的三座山，在山谷中，立刻看到了那座城市的燈光，宛如一條玻璃項鍊。

「琪琪，可以嗎？小心不要被逮到了。」

吉吉緊緊抓著琪琪的背。

「不先去看看怎麼知道。只要我說明原因，他們或許願意借用一下。」

琪琪說道，但有一半是在自我安慰。

這座城市很小，一眼就看到了鐘塔。琪琪縮著身體降落在鐘塔上，以免被人發現。當她低頭往下一看時，頓時被嚇到了。和克里克城一樣，鐘塔前的廣場上，聚集了許多民眾。而且，每個人都仰望著鐘塔，看來，這裡的人也很在意時間。琪琪悄悄的沿著屋頂來到地面，人們興致勃勃的交談著。但是，大家在說話的同時，把小指時而豎起、時而彎曲的活動著。

難道在這個城市，不是跑馬拉松，而是做小指的體操嗎？

這時，身旁的大叔用歡快的聲音對琪琪說：「別忘了十二點。」

琪琪嚇了一跳。因為，他的語氣和克里克城的「豎起耳朵吧」一模一樣。

「大家為什麼聚集在這裡？」琪琪問。

「妳竟然不知道？真是太稀奇了。十二點的時候，每個人要和旁邊的人勾手指，說『明年也要情同手足喔』。這是這個城市自古以來的傳統。」

大叔笑著把自己的小指伸到琪琪面前。

「妳看，時間差不多了，妳準備好了嗎？咦？妳還拿著掃帚，大掃除還沒有完成嗎？趕快趕快，時間快來不及了。」

大叔說著，推著琪琪的背催促。琪琪不禁搖晃著撥開人群，然後對吉吉說：

「走，我們回家吧。」

「那齒輪怎麼辦？」

吉吉不安的看著琪琪。

「算了，直接回去吧。」琪琪冷冷的回答。

「但……但是，只是借用一下而已。妳放棄了嗎？」

「對。我做不到。如果我借了他們的齒輪，這裡的時鐘在十二點就不會響，結果，這個城市的人就不能勾勾手，做朋友了。到了明年，他們或許會整天吵架。」

「但克里克城也在傷腦筋，該怎麼辦？」

「我來想想辦法。」

琪琪急忙從房子後面飛上天空。

琪琪回到克里克城的鐘塔時，市長和鐘錶行老闆立刻衝了過來。

「怎麼樣？」

「趕快把齒輪給我。」

琪琪甩了甩空空的手。

「我沒有帶回來。但是，不用擔心，我會處理的。好了，你們也下去等吧。」

「但是……」

兩個人不安的看著琪琪，一動也不動。

「放心吧，我是魔女，一定會成功的。」

琪琪斬釘截鐵的說完，把他們趕下樓梯。然後，張開雙手，用力深呼吸。

「來，吉吉，來幫我。你緊抓著我，在後面用力推。」

說著，一臉嚴肅的跨上掃帚，快速的衝了出去。

琪琪一口氣飛到遠離市中心的地方，然後，迅速右轉，加速朝時鐘飛去。當幾乎快撞到時鐘時，雙手抓住了分針，利用剛才的助飛速度，順勢轉了過去。一轉眼的工夫，就轉了一圈和二十四分鐘。分針和時鐘剛好在十二的位置重疊在一起。

「噹、噹、噹……」

克里克城迴盪著響亮的鐘聲。市公所前傳來「哇！」的歡呼聲。整座城市都響起了腳步聲，馬拉松開始了。

琪琪雖然調好了時鐘，身體卻被彈出老遠。她好不容易安撫了一個勁兒往前衝的掃帚，回到鐘塔時，整個人都癱了下來。頭髮亂成一團，她甩了甩腦漿都快凝固的腦袋，往下一看，所有人都活力充沛的在街上跑著。人群淹沒了整個街道，感覺像是街道在移動。市長神采奕奕的跑在隊伍的最前面。

「妳真的好厲害，剛才，我還以為尾巴會飛走呢！」

被吹得像貓壓花的吉吉說。

「我也以為眼睛和嘴巴都會被吹走。」

琪琪鬆了一口氣，看了一眼自己的手錶。怎麼會這樣？現在才十一點五十五分！

「呵呵呵呵。」

琪琪笑了出來，忍不住笑彎了腰。

「事情好像順利過頭了。但提早總比遲到好，問題不大。」

她吐了吐舌頭。

「妳還真馬虎。」

吉吉不以為然的四處張望著。

「啊，不見了！」牠突然大叫起來。

「我的肚圍不見了！」

「哇噢，真的耶。一定是被吹走了……這點小事，沒關係啦。」

「什麼沒關係，我很喜歡耶。如果沒有了肚圍，我不就變回普通的黑貓了……今天不僅沒有收到謝禮，反而虧大了。」

琪琪安慰牠說：「我們把新年帶到這個城市，天下哪有這麼厲害的宅急便？因為有你和我，才辦得到啊。普通的黑貓怎麼可能完成？好了，別想這麼多，我們也一起加入隊伍吧。雖然有點耍詐，我們先用掃帚飛一段，追上索娜太太後，再一起跑吧。還要找到蜻蜓和蜜蜜，動作快。」

她急忙抱起吉吉，跳上掃帚。

新年過後，琪琪走在街上時，陌生人也都向她打招呼說「辛苦了」。

琪琪很高興，心想，迎接新年後，大家的心情也放鬆了。

直到有一天，索娜太太告訴她：「鐘錶店的老闆逢人就說，是妳馬上修好了壞掉的齒輪，才趕上那天十二點……他還說，城裡有個會魔法的魔女真是太好了。我也很驕傲，因為，我早就這麼覺得了。」

10 琪琪，帶來春天的聲音

寒冷的日子依然持續。

黑貓吉吉在椅子上縮成一團，獨自抱怨著。

「天氣到底要冷到什麼時候？如果繼續冷下去，我會受不了，不想再當貓了。」

「那你想當什麼？也不想想，你身上已經穿了毛皮大衣……」

琪琪拍了拍吉吉的背。

「雖說還是很冷，但風的聲音已經不一樣了。那絕對是春天的聲音。春天來了，我就可以回去看媽媽了。你這樣整天抱怨，根本聽不到春天的聲音。」

吉吉氣呼呼的把臉躲進兩條前腿之間，豎起了一對可愛的黑耳朵，輕輕的前後搖動著。

鈴鈴鈴鈴，鈴鈴鈴鈴——

電話鈴聲響了。琪琪剛拿起話筒，裡面就傳來慌張的聲音。

「呃，拜託，拜託妳。請妳快點，快來車站，克里克中央車站。」

電話裡的聲音說完這句話就掛斷了。

「為什麼每次找我的工作都這麼急？」

琪琪趕忙出發了。

來到中央車站的上空，站長在月臺上揮著手大叫：「這裡，這裡，快過來！」他的身旁站了八名像枯死的樹枝一樣瘦巴巴的男人，他們全都穿著黑色衣服。當琪琪帶著掃帚在他們面前降落時，他們也毫不驚訝，怒氣沖沖的瞪著站長。

「這幾位先生是樂師……」

站長對琪琪介紹到一半，其中一個男人就面露怒色的說：「不，我們不是樂師，是音樂家。」

「喔，對，沒錯。……這幾位音樂家今天下午，要在戶外音樂廳舉行音樂會……」

「天氣這麼冷耶，戶外就是室外吧？」琪琪驚訝的問。

男人「咳、咳」的清了清嗓子，挺起胸膛說：「正因為天氣冷，才要舉行音樂會。我們的音樂可以溫暖人心，所以才叫『呼喚春天音樂會』。重要的是，可以考驗大家的耳朵靈不靈……就是這麼回事。但我很擔心，因為，這裡的人好像很沒大腦。」

「對，是這樣，宅急便小姐。行李員忘記把他們重要的樂器從火車上拿下來了。真是令人傷透了腦筋。」

站長拿下帽子，用帽子擦著額頭上的汗珠。抬頭一看，有兩名看起來像是行李員的男人站在不遠處，愁眉不展的低著頭。

「哇噢。」

琪琪咚的跳了起來，看著火車已經消失在軌道的遠方。

「事情就是這樣。火車帶著樂器離開了。」

「那就趕快打電話到下個車站，我會去拿。」

「問題是……那輛火車是快車，從這站出發後，就直接開到終點。」

站長愈來愈愁眉苦臉。

「那要我做什麼？」

「想請妳進入正在行駛的火車，把樂器帶回來……但應該不可能吧？樂器是在最後一節車廂……」

「這怎麼可能？」琪琪忍不住大叫起來。

「但曾經有人成功過。那個傢伙從窗戶進去，偷走了金塊……」

「哇，真糟糕。對了，可以去哪裡借樂器吧？這個城市，要找樂器應該不難吧。」

「我也曾經這麼想……」

站長不時窺視那幾個男人的表情。

「不行。」其中一個男人大吼道：「這怎麼行！我們才不是那種可以隨便找幾把樂器湊合的隨便音樂家，怎麼可能用那種風一吹就會響的蹩腳樂器演奏。」

排成一排的其他七個人倒吊的小眼睛露出更加不悅的眼神，頻頻點著頭。

「他們的眼睛像北風一樣寒冷……竟然要舉行呼喚春天的音樂會。真讓人不舒服。」琪琪在嘴裡不滿的說。

「北風太可憐了啦。」

吉吉也很配合的對她咬耳朵。

「都怪你們沒有把樂器拿下來。」剛才的男人又說。

「我們寫得很清楚，送往克里克。我們沒有錯，站長先生，全都是你的錯。」

站長用求助的眼神看著琪琪。行李員也用懇求的眼神看著她。琪琪聳了聳肩，雙手一攤。她就是這種個性，只要有人拜託，就無法拒絕。

「我不知道行不行，我先去追火車。」

「趕快！」剛才的男人像命令般說道。

「沒有時間了。我們在戶外音樂廳等妳，請在三點以前送到，了解嗎？」

琪琪故意不回答，直接飛上了天空。

迅速升空後，琪琪沿著鐵路往前飛。鐵路穿越城市的中央往北前進，穿過農田和森林，又穿過一座又一座的山，和一個又一個的隧道。

「妳真的可以做到嗎？」吉吉在後面擔心的問。

「沒問題。只是剛才那幾個人太自以為是，我才故意搗蛋一下。」

「要衝進正在行駛的火車耶。」

「反正有你在，不會有問題的。」

「妳說什麼？」吉吉大叫起來。

「啊，在那裡，在那裡。」

琪琪的身體微微離開掃帚大叫起來。火車最後一節車廂剛好像蜥蜴的尾巴，扭進了隧道。琪琪「嘿咻」的叫了一聲，一下子往高空飛去，飛越了那座山，在隧道的出口等待著。

「他們說樂器在最後一節車廂，我們要跳到車頂上。吉吉，你從窗戶進去，把最後一節車廂的門打開。」

終於，火車發出「嗚、嗚」的汽笛聲出現了。琪琪把掃帚柄往下壓，做好了下降的準備。

「要降落在這麼小的地方嗎？」

吉吉的聲音好像快哭出來了。即使不用吉吉說，琪琪也嚇了一跳。當她準備下降時，才發現火車的車頂看起來就像飛舞的樹葉那麼小。

啊——啊，我明明是魔女……卻不會用魔法讓火車停下來……

「也只能硬著頭皮試試看了。」

琪琪甩開自己的懦弱，開始往下跳。風呼呼的吹過耳邊，她的頭髮和吉吉的尾巴都像被天空抓住般豎了起來。

「啊，快撞到了！」

吉吉發出慘叫。琪琪的身體和掃帚一起滑到車頂上，火車毫無察覺，繼續行駛。

琪琪緊抓著不停搖晃的車頂，好不容易移動了身體，朝打開一條縫的窗戶往車廂裡張望。

有了！她看到了那堆寫著「送往克里克」的行李。

「來，吉吉，從這裡進去。」

「不行，我不行啦。會掉下去。」

吉吉感到害怕，不想離開掃帚尾。

「不行，快去。」

琪琪抓著吉吉的脖子，把牠從窗戶的縫隙塞了進去。鐵路旁的山上冒出樹枝，琪琪壓低身體，好不容易躲過，又碰到了第二根樹枝。

「快，吉吉，拜託你趕快打開門。」

琪琪露出一半身體，用力敲著後方的門。

就在這時，火車再度進入隧道。四周頓時變得伸手不見五指，風從橫向吹來，發出可怕的聲音。琪琪的身體慢慢往下滑，她慌忙抱住掃帚，手摸索著想要抓住什麼，身體從車頂上掉了下去。

「吉吉，吉吉。」

琪琪用腳拚命踢著火車，車門突然往裡面打開，琪琪被甩進了車廂。火車也在這時駛出了隧道，明亮的光線從車窗照了進來。吉吉癱坐在地上，傻傻的看著琪琪。那裡有一大堆行李。八個樂器都放在外形很奇怪的盒子裡，一下子就看到了，但實在太重了。

琪琪也精疲力盡的坐在地上。

「應該有把手吧，能不能穿在掃帚柄上？」

吉吉好不容易才平靜下來，把身體移向琪琪。

「有八個耶？妳可以嗎？」

「應該很難吧。」

「啊，等一下，如果把樂器從盒子裡拿出來，應該會輕很多。」

琪琪打開旁邊的盒子，原來裡面裝著一個好像遊樂場的溜滑梯般形狀的樂器，發出閃閃的金光。

「這是喇叭，是要用嘴巴吹的樂器。啊，這也是喇叭，這個也是，咦，這盒是小提琴……這是大提琴。爸爸以前告訴過我，所以我知道。」

琪琪一一打開所有盒子。樂器無不閃閃發亮，難怪那幾位音樂家如此驕傲。

「吉吉，你應該拿得動一把小提琴吧，我拿大提琴。剩下的喇叭，就像項鍊一樣串起來，掛在掃帚上，你覺得怎麼樣？順便拿一些綁行李的繩子。」

琪琪一邊快速的說，一邊開始串樂器。然後，綁在掃帚柄上。

「吉吉，坐到後面來，動作快。」

琪琪跨上掃帚，用右手和膝蓋抱著大提琴，左手拿著琴弓。吉吉也用四隻腳抱著比自己身體更大的小提琴，用尾巴緊緊勾住掃帚。

「好，出發了。」

琪琪大聲叫著，從仍然打開的火車門飛了出去。喇叭也一一被拉了起來。

咘哩、咘哩、咘、咘、咘哩。

飛到車外，一遇到風，喇叭紛紛發出聲音。火車上的客人驚訝的從窗戶探出頭，用手指著，「啊，啊」的叫著。

「呵呵呵，天空中，會發生各式各樣的事。很棒吧。」

琪琪得意的拉起抱在手上的大提琴。吉吉也用爪子抓著小提琴，讓小提琴發出聲音。他們都是第一次碰樂器，所以，樂器幾乎只是發出吱吱咯咯的聲響，可怕得讓人牙齒發痛。喇叭也只是隨著風胡亂發出聲音而已，好像豬的叫聲和打鼾聲。然而，當南風吹來時，就變成了愉快悠揚的聲音。琪琪覺得很好玩，在飛往克里克城的沿途，故意時左時右、時上時下的飛，嘗試讓喇叭發出各種不同的聲音。

這時，克里克城的戶外音樂廳已經擠滿了觀眾。音樂會原本預定的三點已經過了十分鐘，舞臺中央掛著「呼喚春天音樂會」的橫幅，八名高高瘦瘦的音樂家排成一排，正襟危坐著。雖然他們臉上不露聲色，內心卻七上八下的等待著琪琪送來樂器。站長和行李員提心吊膽的在舞臺後方伸長脖子等待。

「天氣這麼冷，趕快開始吧。」

觀眾中，有人叫道。

「這不是呼喚春天嗎？我們都快凍僵了。」

另一名觀眾說完，臺下響起了奚落的笑聲。於是，一名音樂家站了起來。

「馬上就開始了，敬請各位豎耳靜聽。在這麼寒冷的天空下，只要我們攜手，就會出現優美的音符，讓春天造訪各位的心靈。現在，我們正在為此祈禱。」

音樂家緩緩的環顧觀眾席，「咳、咳」的清了清嗓子。其他排排坐的音樂家們也慌忙清著嗓子，低頭假裝祈禱，掩飾內心的忐忑不安。音樂家這麼一說，觀眾也不好意思吵鬧，只能靜靜的低下頭。

這時，不知道從哪裡隱隱約約傳來了聲音。

嘟哇——嘟哇哇——嘟啦啦

呼哇——呼哇哇——呼啦啦

呀哇——呀哇哇——呀啦啦

從雲端、從山的後方，越過河流、越過大海，呢喃細語般、輕聲呼喚般，說悄悄

話似的，好像春天真的聽到了音樂家的祈禱，降臨到這座城市。觀眾和音樂家都紛紛抬頭看著天空。在陽光的照耀下，天空中的某一點閃閃發光，不停的晃動。光點時左時右，在天空中繞著圈子，緩緩靠近。

呼哇——呼哇哇——嘟哇哇
克哩哩——克哩哩
呼哇——呼哇哇——嚕啦啦
嘟哩哩——嘟哩哩
呀哇——呀哇哇——呀啦啦

把頭縮進大衣領子的人、彎腰駝背的人、抱著膝蓋的人都紛紛抬頭看著天空。他們想更靠近如此美妙的聲音，早一點加入春天的行列。但最驚訝的莫過於舞臺上那幾位音樂家。他們面面相覷，拚命眨著眼睛，輕聲的相互詢問：「到底是誰在拉？」

不一會兒，耀眼的光團終於緩緩現身。沒錯，當然就是坐在掃帚上的魔女琪琪和吉吉，還有串成一排的喇叭，看起來就像是光的項鍊。音樂家們慌忙跑到舞臺後方，當琪琪一降落，他們就準備接過樂器，讓音樂會順利開始。站長和行李員也拚命揮著手，向琪琪示意。

琪琪假裝沒看到他們。配合著被風吹響的喇叭聲拉大提琴，讓她的心情特別舒暢。

「再飛一下吧？」她轉頭對吉吉說。

「好啊，好啊。就當作是火車門一直打不開。」吉吉也抱著小提琴，悠哉悠哉的說。

「原來如此，好美妙的音樂會。」

「真的是天籟之聲……」

下面的觀眾紛紛耳語著。有人陶醉的閉目傾聽，也有人揮著手，更有人配合聲音的節奏輕輕起舞。

「我要準備迎接春天了。」

「對啊，我今年要把紫丁香裝在帽子上。」

每個人都滿懷興奮，好像春天已經到了。

終於，觀眾席中響起了掌聲。掌聲愈來愈熱烈。

「好了，我們下去吧。」

琪琪把樂器拉到掃帚上，以免撞到地面造成損傷，然後，她輕輕降落在音樂家們和站長引頸等待的舞臺後方。觀眾看不到琪琪的身影後，再度熱烈鼓掌，紛紛站了起來。

在舞臺後方，音樂家們看到琪琪降落，便二話不說的衝了過去。

「怎麼這麼慢？」

他們一邊抱怨，一邊急忙把樂器從掃帚上拆下來。

「因為風向不太對。」琪琪若無其事的說。

音樂家們抱著樂器衝回舞臺上，但觀眾已經轉身走向出口。

「呃——」

音樂家叫住他們。一名觀眾轉過頭說：「謝謝你們帶來這麼美妙的音樂。你們拜託這麼可愛的魔女，從天上送來音樂，真是個好主意。下次請一定要再來表演。」

聽到這番話，八位音樂家都張大嘴巴，重重的嘆了一口氣。

琪琪和吉吉再度飛上天空，準備回到店裡。

「琪琪，妳收謝禮了嗎？」吉吉問。

「你在說什麼呀，有機會享受這麼快樂的事，還需要謝禮嗎？」

琪琪回頭說。

「妳說得對。」

吉吉點頭，豎起了黑色的耳朵。

「好像仍然可以聽到春天的聲音。」

「已經是春天了，這真的是春天的聲音。」

琪琪低頭看著腳下的克里克城說：「來到這裡，已經將近一年了。」

11 琪琪，回家探望父母

整個克里克城都散發著春天的氣息。

陽光從窗戶照了進來，琪琪把椅子拉到窗邊，抱著膝蓋坐在椅子上。抬頭仰望天空，天空就像嬰兒的臉蛋，充滿了柔和的光線，彷彿蒙上了一層白紗。

「後天就滿一年了，我可以回家看爸爸、媽媽了。」

從剛才開始，琪琪就不斷念念有詞的重複著這句話。

其實，隨著這一天即將到來，琪琪漸漸有一種既高興又害怕的複雜心情。

「對啊，只剩下今天和明天兩天而已，妳不用準備嗎？」

「又不是非要在滿一年的那一天回家。」

聽到琪琪的話，吉吉急得在房間內踱步，用尾巴敲打著地板。

「琪琪，妳怎麼了？之前那麼期待回家，為什麼現在反而心神不寧起來？」

琪琪注視著自己的膝蓋，斜著身體，拉起裙子，看著自己併攏的雙腳。

「我有沒有改變？有沒有成熟一點？」

「妳長高了。」

「就這樣而已？」

「差不多吧。」

吉吉不耐煩的抖動著鬍子。

「你覺得我獨立了嗎？」琪琪又問道。

「事到如今，還問這些幹麼？」

吉吉受不了似的看著琪琪，突然偏著頭，改口安慰她：「我覺得妳很優秀。」

「謝謝。」

雖然嘴上這麼說，但琪琪仍然緊閉雙脣。

琪琪和其他魔女一樣，選擇繼承母親的職業，之後，憑著自己的判斷選擇了這裡——克里克城，苦思暗想後，決定要開一家魔女宅急便。回顧這一年，的確有許多辛酸，但自己很認真的付出了。然而此時此刻，琪琪的內心意外的感到不安，開始懷疑自己：「我真的做到了嗎？」如果是在修行之旅前，琪琪或許會主動到處宣揚：「我做到了，很了不起吧？」然而，現在即使聽到吉吉說她「很優秀」，也完全無法產生自信。她好想問問別人，自己到底做得怎麼樣。

「妳該不會想延後回家的日期吧？」吉吉斜眼看著她問。

「怎麼會呢？」

琪琪突然精神抖擻的站了起來，抬頭挺胸，試圖擺脫內心的不安。

「好，開始工作了。沒錯，回家也是宅急便的工作。要把我們送到媽媽身邊。開、始、準、備、囉。」

「太好了。」

吉吉誇張的歡呼，往後翻著筋斗。琪琪的心情也隨之振奮起來，開始忙東忙西。

「……那麼，要先通知索娜太太。」

「啊？後天嗎？我以為還要過一陣子呢……妳說會離開一段時間，大概多久？」

索娜太太之前就知道琪琪要回家探親，因此沒有太驚訝。

「嗯，我想，應該十五天左右吧。我已經一年沒回家了，所以，想好好休息一下。」

聽到琪琪的回答，索娜太太勉強露出笑容，戳了戳琪琪的臉蛋。

「妳看妳，已經在撒嬌了。這樣當然也可以，不過，我覺得所謂一段時間，差不多是十天左右。我看妳就休息『短暫的一段時間』，記得早點回來喲。」

琪琪不好意思的吐了吐舌頭。

之後，琪琪又打電話給蜻蜓。

「真羨慕妳，是長途旅行吧？妳會飛多快？飛多高？是順風飛？還是逆風飛？上空的溫度是多少？飛在雲裡面是怎樣的感覺？雲有沒有味道？」

蜻蜓從頭到尾都在發問。

男孩子的腦袋裡只有這些問題嗎？他總是這樣，老是想到研究。

琪琪放下電話，總覺得意猶未盡，盯著電話看了好一會兒。

然後，琪琪打電話給好朋友蜜蜜和幾個經常需要送快遞的客人，在厚紙板上寫了一張「告示」。「本店將休業一段時間，造成各位的不便，非常抱歉。琪琪留」，並在角落補充「一段時間是指十天」。

那天晚上，琪琪告訴吉吉：「明天打掃店裡，後天一大早就出發。可以嗎？」

吉吉笑得合不攏嘴。牠不停在原地打轉，想要咬住自己的尾巴。這時，突然停了下來，好像想到什麼似的問：「要送什麼給可琪莉夫人和歐其諾先生？妳總不能不準備禮物吧？」

「這裡有太多事可以告訴他們作為禮物啊……」

「就這樣而已嗎？上次的肚圍怎麼了？妳不是用藍色的毛線織了肚圍嗎？」

琪琪什麼都沒說，對著吉吉皺了皺鼻子。

「還沒做好嗎？妳怎麼還是老樣子，之前學種藥草也失敗了，不能好好腳踏實地的學會一件事嗎？」

吉吉在琪琪的腳旁「噗」的吹了一口氣。

「你說話很傷人耶。」

琪琪終於忍不住笑了出來，從架子上拿出一個鼓鼓的紙袋。

「看吧！誰說我沒辦法腳踏實地完成一件事？」

她拿出裡面的東西，手一鬆，一個小小的肚圍掉在地上。藍色的底色上閃爍著銀色的圖案。

「吉吉，這是你的。老奶奶幫你織的不小心在除夕夜飛走了，我特地幫你織了一個，讓你可以風光的回家。」

琪琪幫吉吉穿上肚圍，吉吉樂得說不出話，興奮的開始在原地打轉。

「我也為媽媽他們準備好了。」

琪琪拿出一個橘色、一個深綠色的大肚圍。

「瞞著你偷偷的織很辛苦耶。」

「妳好壞，竟然瞞著我。」

「但如果是好事相瞞，快樂多三倍。」

「好事相瞞。喔，好吧，我懂了。」

「懂什麼？」琪琪問道。

吉吉一邊說著「沒什麼」，一邊又活蹦亂跳的轉圈子。

第二天，琪琪和吉吉正在打掃，蜻蜓上氣不接下氣的衝了進來。然後，好像生氣般紅著臉，把手上的紙袋遞到她面前，說：「給妳。」

真搞不懂男生在想什麼……琪琪心裡這麼想著，打開一看，原來是可以斜背在肩上的小皮包。粉紅色的底色上，繡了一隻黑色的貓。

「哇噢——好漂亮。」

琪琪也和吉吉昨天一樣，高興得不知道該說什麼。

「妳喜歡嗎？」

琪琪用力點點頭。

「太好了，妳拿去用吧。」

蜻蜓生硬的說著，看到琪琪立刻背在身上，眼鏡後方的那雙眼睛露出害羞的眼神。

「妳是明天早上出發吧?多保重囉。」

他快速的說完,摸了摸吉吉的頭,又和來時一樣匆匆的跑走了。

「蜻蜓怎麼了?」

琪琪納悶的看著他遠去的背影。

「蜻蜓很細心,還特地找了一個黑貓圖案的。」

吉吉在一旁幫蜻蜓說好話。

「真的耶。」

琪琪點頭表示同意,內心充滿喜悅。

「他選這麼可愛的包包……代表他多少覺得我是個女孩子。」

琪琪打開小皮包上用紅色鈕釦固定的蓋子,「啊」的叫了一聲,從裡面拿出一張小紙條。上面寫著「明天我會在大河的橋上向妳揮手。蜻蜓」。

「怎麼了?」吉吉問。

「嗯,沒什麼,只是……」

琪琪搖搖頭,把紙條放回小皮包,用手輕輕壓了壓。

「好了，出發了。」

琪琪對吉吉說，拿起掃帚和行李走出門外，忍不住回頭環顧店內。紅色電話、紅磚、木板桌子。地圖、狹窄的樓梯、堆在角落的麵粉袋，以及來到這個城市後，因應生活需要購買的零星物品。每一件物品都變成了這一年的回憶，深深打動琪琪的心。

「走吧。」

琪琪用力呼吸，用沙啞的聲音說道。

琪琪正把「告示」貼在入口的門上，看到抱著一大袋麵包的索娜太太，以及抱著寶寶的麵包店老闆從店裡走了出來。

「琪琪，有工作喔。」索娜太太故意開玩笑的說：「請把這些麵包帶給妳媽媽，別忘了告訴媽媽，這是克里克城最好吃的麵包。」

索娜太太發現琪琪的表情有點不捨，便笑著對她說：「琪琪，一定要記得回來。魔女住在隔壁，讓我們很有面子。大家都說，三天沒有看到琪琪在天上飛，就會覺得少了點什麼。」

琪琪哭喪著臉，撲進索娜太太的懷裡。

「一定，一定。我一定會回來。」

琪琪一下子升上了高空，掛在掃帚柄上的禮物拚命晃動。從海上飄來的朝露籠罩了克里克城，她以鐘塔為中心，飛了一大圈後，突然降低高度，飛向大河的橋上。

啊，蜻蜓在那裡。他跨在腳踏車上，停在橋的正中央，雙手用力揮舞著。琪琪也向他揮手。

「咦，那不是蜻蜓嗎？」吉吉在後面驚訝的問。

「對啊。」琪琪得意的說。

「琪琪，妳之前就知道了嗎？」

琪琪沒有回答吉吉的問題，繼續揮著手。

「妳不下去嗎？光揮手不太好吧？」

「沒關係，這樣就夠了。」

琪琪又用力揮了揮手，從橋的一端飛到另一端，來回繞了兩次，用力左右搖晃了一下掃帚，朝著北方快速飛去。蜻蜓的身影愈來愈小，終於被橋遮住，完全看不見了。

「好，上路了。」

琪琪鬆了一口氣。接下來，只要往家的方向直線飛行。掃帚飛得很順暢，和之前可琪莉的那把掃帚沒什麼兩樣。這把尾部翹起的掃帚到底從什麼時候開始變得這麼會飛了？琪琪這時才發現這件事，不禁有點驚訝。

很明顯的，自己在克里克城，為這裡的人帶來了喜悅，帶來了驚奇。索娜太太還對自己說「記得早點回來」。蜻蜓送的那個小皮包也充滿了這樣的心意，還有人說，沒有看到琪琪在天上飛，就會覺得少了點什麼。琪琪飛在天空中，迎面的風漸漸帶走了她煩躁的情緒。

琪琪和吉吉比一年前更順利的前進著。

當太陽繞完天空，當第一顆星星發出微弱的光，漸漸變成滿天星斗時，他們已經從森林的盡頭看到熟悉而懷念的城鎮。家家戶戶都亮起了燈，靜靜的排成一排。不同於海邊的城市，四周充滿著吸飽了森林夜露的滋潤空氣。最令人懷念的是，高高的樹木上仍然掛著鈴鐺，正發出淡淡的光芒！

琪琪頭也不回的飛向位在東邊的家，然後，在屋頂的上空停了下來。

「啊，是豌豆湯的味道。」吉吉說。

「我就知道媽媽會煮，因為，這是我們最愛喝的。」

琪琪和吉吉聞了滿懷熟悉的味道，靜靜的降落在庭院裡。他們躡手躡腳的走到玄關，輕輕的敲了敲入口的門。

「請進，不好意思，我正在忙。」

是可琪莉的聲音。

琪琪和吉吉互看了一眼，像搗蛋的孩子一樣點點頭，把門打開一條縫，用像男人般低沉的聲音說：「喂，我是快遞！」

可琪莉站在廚房猛然回頭，就在那一刻，琪琪也打開了門。

「啊，琪琪，原來是琪琪。我以為你們最快也要黎明才會到。」

可琪莉對琪琪張開雙臂，湯汁從她手上的湯勺滴滴答答的滴了下來。

「不過，媽媽猜想，妳一定會在剛滿一年的這一天就回來。」

「沒錯！」

琪琪把行李和掃帚放在門口。

「哇，哇，哇。」

可琪莉把手放在琪琪的肩膀上，不斷重複發出相同的聲音。琪琪也每次都出聲點頭回應。

從隔壁房間走出來的歐其諾，面帶笑容的看著她們激動的樣子。好一會兒，才終於開玩笑的說：「不要忘記還有我喔！」

「啊，爸爸，我回來了。」

琪琪衝過去抱著歐其諾的脖子。

終於平靜下來後，她們開始聊天。可琪莉說完，又換琪琪說，讓一旁的歐其諾和吉吉看傻了眼。原來，她們竟然藏了這麼多話！

琪琪拿出索娜太太送的麵包，又展示了自己編織的肚圍。

「哇，原來琪琪變得這麼能幹……」

可琪莉趕緊把肚圍套在衣服外面，拍了拍肚子。

「媽媽，我總覺得，那位老奶奶好像有一種神奇的力量，織肚圍的時候，也把這種力量織了進去。」

「的確有這樣的老人家。」

歐其諾拿著自己的肚圍端詳著，說道。

這時，吉吉迫不及待的伸直了身體，在桌子上露出臉，牠的耳朵上掉下一個淺紫色的貝殼，放到可琪莉的面前。

「哇噢，這是你送我的禮物？」

可琪莉十分驚訝。

「噢，吉吉，你竟然瞞著我。」

琪琪也很詫異，大聲的抗議著。吉吉把臉湊到琪琪旁邊，一臉酷酷的表情，小聲的說：「去年夏天在海邊撿的。好事相瞞，快樂多三倍，不是嗎？」

快樂真的多了三倍。可琪莉興奮的放在手掌上近看遠看，左看右看，上看下看。

「這是貝殼吧？大海是這種顏色嗎？」可琪莉問。

「對，這很像黎明時的大海。」琪琪回答說。

可琪莉看著琪琪和吉吉，深有感慨的說：「你們去了那麼遠的地方。不久之前，你們還是小寶寶……現在已經長大成人了……」

聽到這句話，自信和驕傲漸漸在琪琪的心中擴散。可琪莉回答了她一直想要問別人的話。而且，此刻的琪琪發現，原來，她最想知道的，就是可琪莉對這個問題的答案。

「媽媽，我在想，魔女好像不應該整天坐在掃帚上飛。當然，快遞的時間很緊急，所以不得不飛……但有時候也應該走一走。因為，如果走路的話，不就有機會和各式各樣的人說說話嗎？那天正是因為我走路，才能夠遇見索娜太太……如果那時候為了排解難過的心情飛上天，真不知道會有怎樣的結果。相反的，一般人近距離看到魔女後，就知道魔女並不是齜牙咧嘴、鼻子尖尖的怪物，而且，也可以相互聊天，相互了解……」

「妳說得對。」

可琪莉感慨的點著頭。歐其諾用好像第一次看到自己女兒的驚訝眼神望著她。

第二天，琪琪的生活立刻恢復了以前的樣子。可琪莉笑著說：「怎麼這麼輕易就倒退回去了？好吧，沒關係，一年畢竟贏不了十三年。」

琪琪用自己心愛的茶杯喝茶，盡情的在鏡子前梳妝打扮。到了晚上，就抱著從小就用慣的小花圖案棉被上床睡覺。每天都睡到自然醒。

只要一有時間，她就在街上到處亂走。

「哇，琪琪，妳回來了？」

「哇，琪琪，妳變漂亮了。」

「哇，琪琪，好久不見。有空來家裡坐。」

鎮上的人爭先恐後的向琪琪打招呼。

如此受到重視，琪琪感到十分滿足。回到故鄉的感覺真好。

然而，過了五天，琪琪突然發現自己開始思念克里克城。

索娜太太的笑聲、剛出爐的麵包、從公寓窗戶向自己揮手的人、河邊的林蔭道、海洋的味道、高大的鐘塔、好朋友蜜蜜的笑臉。每一件事，每一個人，都讓琪琪倍感思念。還有蜻蜓，他在橋上拚命揮手的樣子深深印在琪琪的心中，正呼喚著琪琪回到克里克城。下次見到蜻蜓，一定有很多話可以聊。

不知道店裡怎麼樣了？或許有人打電話來。她愈想愈擔心。雖然這裡是她從小生長的地方，卻讓她心神不寧，好像是來作客的。在克里克城只不過住了短短一年，琪琪為自己有這種想法感到不解。

琪琪終於開口告訴父母：「我打算明天或後天回克里克城。」

「啊？我以為妳要住十天。」

歐其諾訝異的看著琪琪，又接著問：「妳覺得這裡很無聊嗎？」

「不是。但可能有客人在等我……可能會打電話到店裡……」

「這種事，擔心不完的。既然在這裡，就不用想那麼多。」

「但是……」

琪琪說到一半，便閉口不語了。因為她發現，爸爸和媽媽翹首盼望了一年，才等到自己回家，如果自己這麼快就提出要回去，他們一定覺得女兒很無情。

這時，一直沒說話的可琪莉開了口。

「……對啊，或許回去比較好。如果完全不在意那個城市，反而很傷腦筋呢。我記得，以前從這個城市回家時，也一直很想回來這裡，當時，我還覺得很納悶呢。琪琪，一年之後，再回來看我們吧。」

第二天，琪琪和吉吉一起飛到東邊的草山，他們坐在可以俯瞰整個城鎮的斜坡上，從左側開始慢慢欣賞所有的風景。

「吉吉，我決定明天回去，可以嗎？」

正在用前腳逗弄草叢裡的蟲子的吉吉

說：「好啊，只是又要重新打包剛打開的行李。」

「禮物我已經想好了。」

「這次也要瞞著我嗎？」

「不會。要帶媽媽的藥給索娜太太。打噴嚏的藥對小寶寶很有用處。蜻蜓的禮物有點傷腦筋……但我在想，可以送媽媽掛在樹頂上的鈴鐺。把最大的那個拆下來，好好擦一擦，應該會閃閃發亮。那是我小時候的紀念……」

「嗯，我覺得這個主意不錯。比鋼筆有意義多了。」吉吉點頭同意。

「吉吉，你喔。」

琪琪笑了起來。

「鈴鐺可以發出悅耳的聲音，我不會寫什麼詩，況且，我也沒有自信。」

腳下飄來陣陣青草的清香，風不時帶來在四處吃草牛兒的叫聲，忽高忽低。琪琪躺在草上，閉上眼睛，陽光在眼皮內變成青草的圓點，像游泳般跳來跳去。

有家可以回真是一件美好的事。

這次回到家鄉，琪琪似乎對自己有了新的認識。

琪琪回到家時，可琪莉笑著問她：「妳是不是去草山了？」

「妳怎麼知道？」

「因為，妳臉上有草的印子。」

那天下午，琪琪和可琪莉一起，將整個城鎮掛在樹上的鈴鐺都拆了下來。

「這一年來，每當風吹響鈴鐺時，媽媽就想起妳。」

可琪莉露出分不清是哭還是笑的複雜表情。

「想到這些鈴鐺派不上用場了，就覺得有點難過。」琪琪喃喃的說。

「媽媽會幫妳好好保存，直到再度需要的那一天。」可琪莉說。

「什麼？」琪琪忍不住問道。

可琪莉意味深長的眨了眨眼，笑了起來。

「以後給妳的女兒用。她一定像某人一樣，是個冒失鬼。」

琪琪從裡面選了一個最大的，擦乾淨後，放進盒子裡。

琪琪再度告別了可琪莉和歐其諾。這一次，不再有一年前第一次離家時那種咬緊牙關出門的感覺了。

「再見。」

「再見。」

他們揮手，笑著道別。

琪琪和吉吉直直的飛向克里克城。掛在掃帚柄上的行李中，不時傳來輕脆的鈴鐺響。琪琪更加快了速度，騎著掃帚加速前進。

終於，遠遠的看到了閃著波光的大海，像四方形和三角形積木堆積在一起的克里克城出現在眼前。

「你看，我們的城市。」

琪琪伸手指著前方歡呼起來。

傍晚的夕陽下，鐘塔的陰影拉得長長的，遮住了半個克里克城。

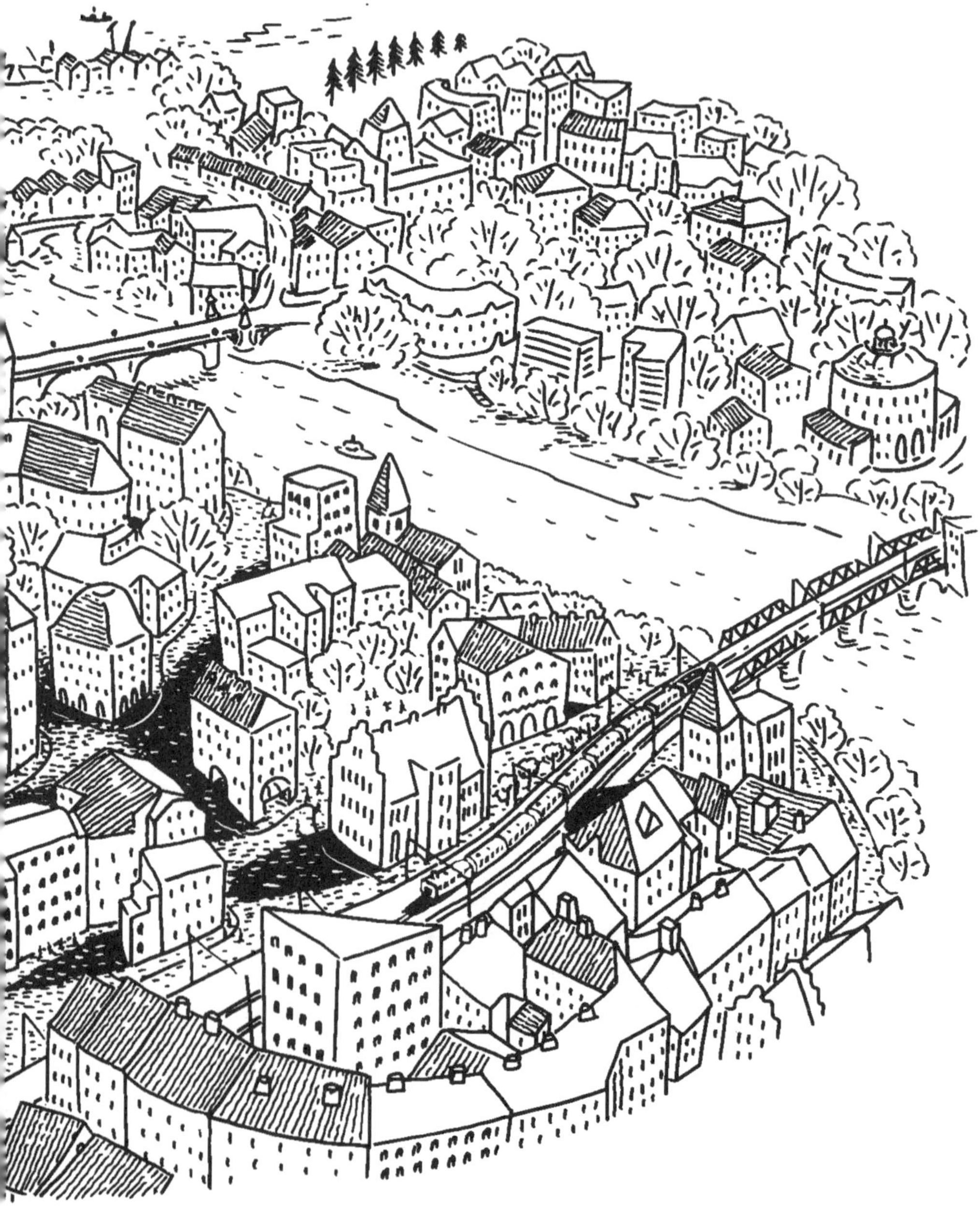

小麥田
故事館76
魔女宅急便
魔女の宅急便

作　　者　角野榮子
繪　　者　林明子
譯　　者　王蘊潔
封面設計　莊謹銘
校　　對　呂佳真
編輯協力　沈如瑩
責任編輯　汪郁潔

國際版權　吳玲緯　楊靜
行　　銷　闕志勳　吳宇軒　余一霞
業　　務　李再星　李振東　陳美燕
總 編 輯　巫維珍
編輯總監　劉麗真
事業群總經理　謝至平
發 行 人　何飛鵬
出　　版　小麥田出版
115台北市南港區昆陽街16號4樓
電話：(02)2500-0888
傳真：(02)2500-1951
發　　行　英屬蓋曼群島商家庭傳媒股份有限公司
城邦分公司
115台北市南港區昆陽街16號8樓
網址：http://www.cite.com.tw
客服專線：(02)2500-7718｜2500-7719
24小時傳真專線：(02)2500-1990｜2500-1991
服務時間：週一至週五09:30-12:00｜13:30-17:00
劃撥帳號：19863813　戶名：書虫股份有限公司
讀者服務信箱：service@readingclub.com.tw
香港發行所　城邦（香港）出版集團有限公司
香港九龍土瓜灣土瓜灣道86號順聯工業大廈6樓A室
電話：852-2508 6231
傳真：852-2578 9337
馬新發行所　城邦（馬新）出版集團 Cite (M) Sdn Bhd.
41-3, Jalan Radin Anum,
Bandar Baru Sri Petaling,
57000 Kuala Lumpur, Malaysia.
電話：+6(03) 9056 3833
傳真：+6(03) 9057 6622
讀者服務信箱：services@cite.my
麥田部落格　http://ryefield.pixnet.net
印　　刷　漾格科技股份有限公司
初　　版　2020年7月
二版4刷　2024年6月
售　　價　260元

ISBN 978-957-8544-33-8

國家圖書館出版品預行編目資料

魔女宅急便／角野榮子作；林明子繪；王蘊潔譯. -- 初版. -- 臺北市：小麥田出版：家庭傳媒城邦分公司發行, 2020.07
面；　公分. --（故事館；76）
譯自：魔女の宅急便
ISBN 978-957-8544-33-8（平裝）
861.596　　109007407